日《ひ》小《お》見《み》不思議《ふしぎ》草紙《ぞうし》

藤重ヒカル
飯野和好 絵

日小見《ひおみ》不思議草紙《ふしぎぞうし》　もくじ

さし絵　飯野和好
装丁　コガシワカオリ
本文デザイン　田中明美

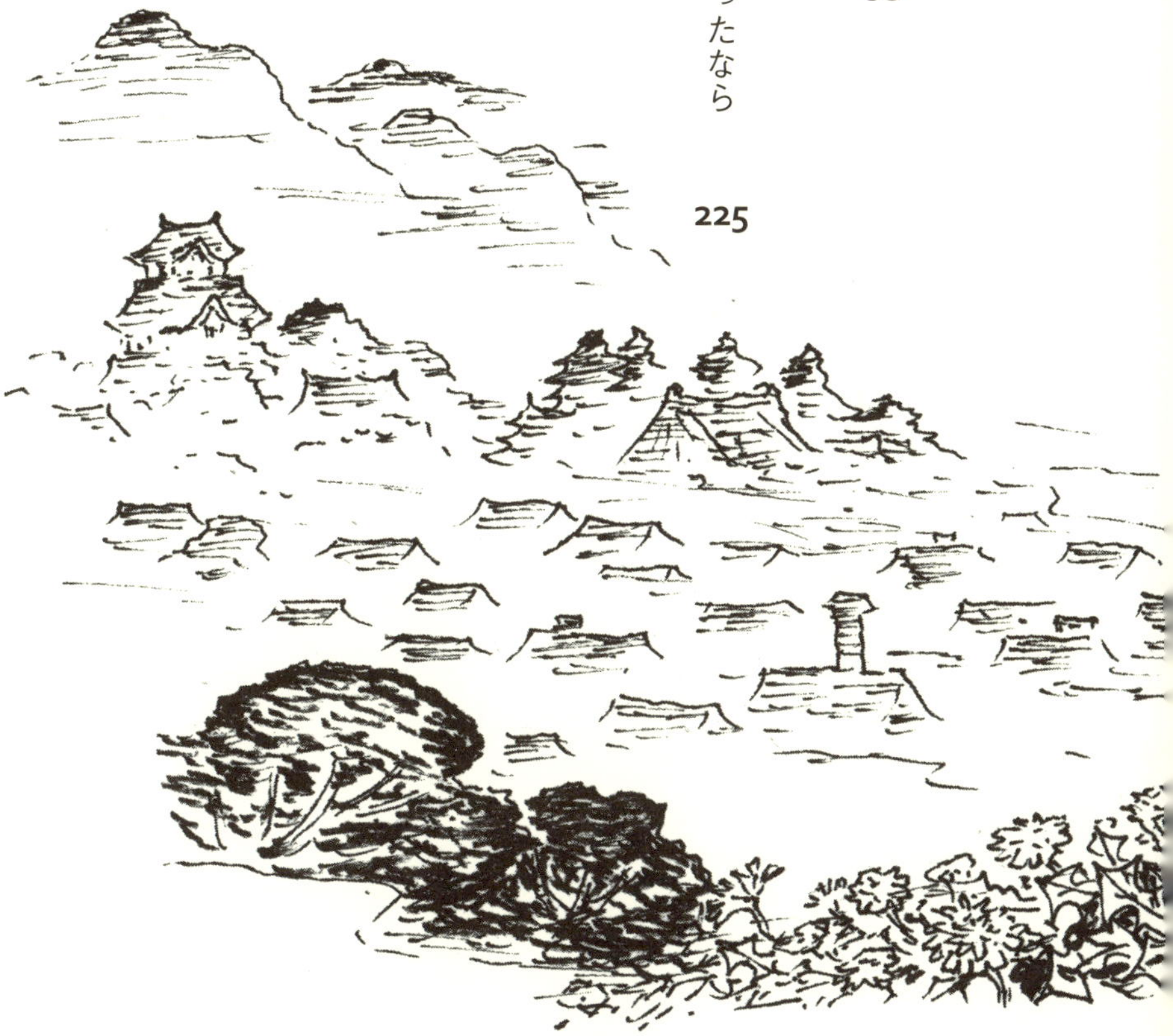

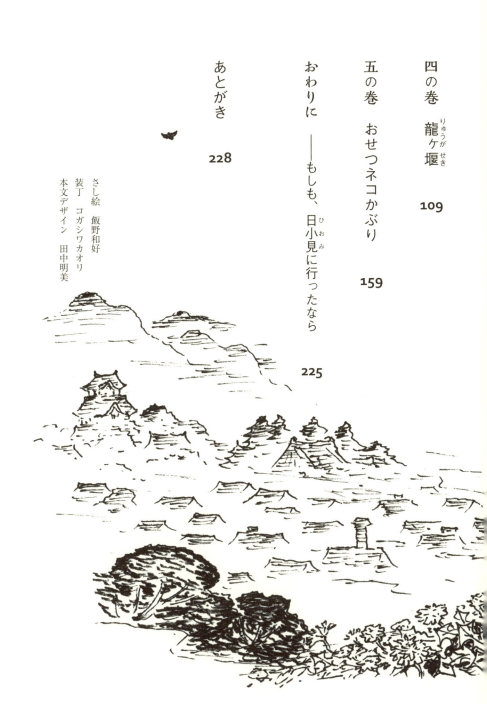

江戸時代《えどじだい》の日小見城《ひおみじょう》と城下町《じょうかまち》

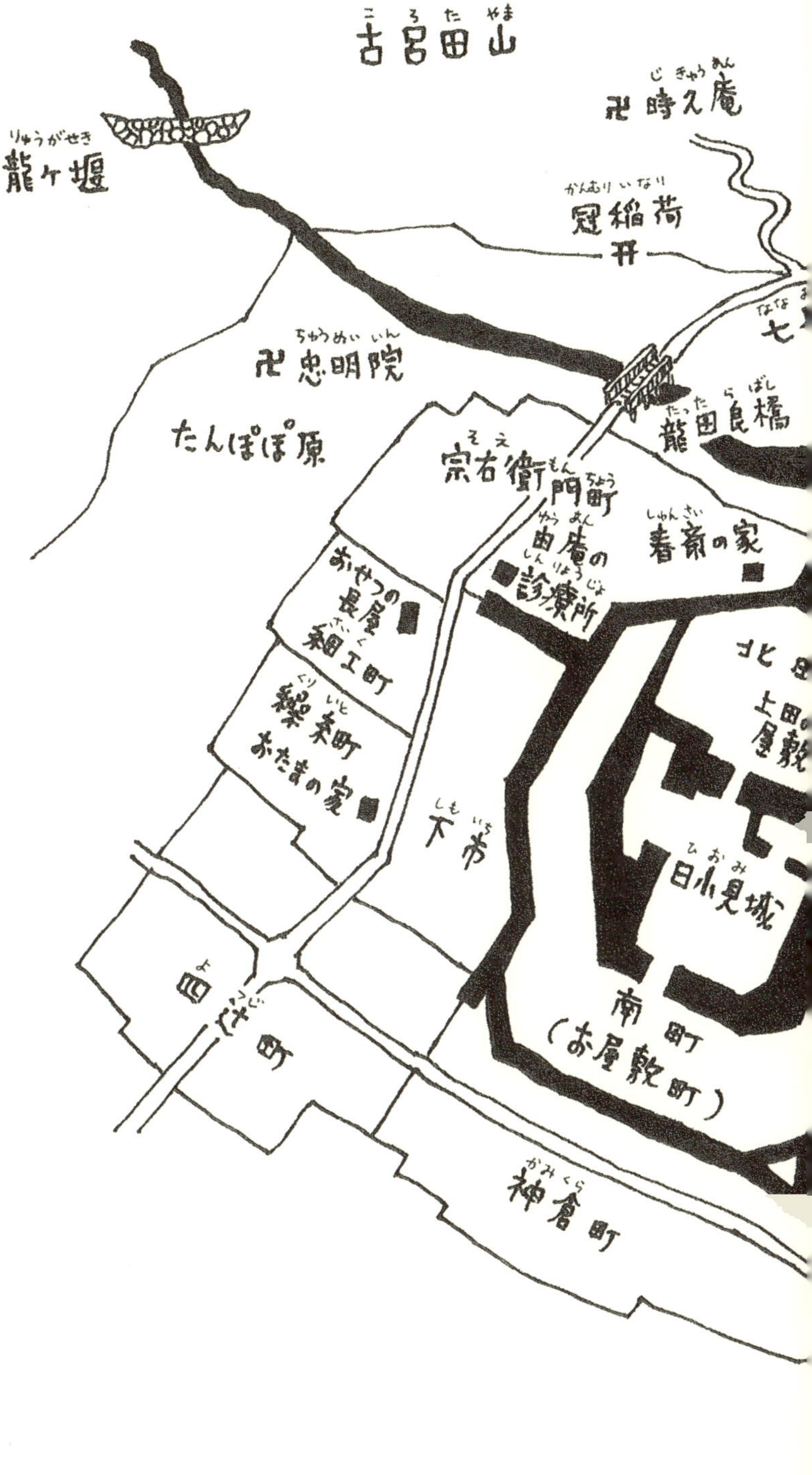
古呂田山《ころたやま》
卍 時久庵《じきゅうあん》
龍ケ堰《りゅうがせき》
冠稲荷《かんむりいなり》
卍 忠明院《ちゅうめいいん》
龍田良橋《たったらばし》
たんぽぽ原
宗《そ》右《え》衛門《もん》町《ちょう》
由庵《ゆうあん》の診療所《しんりょうじょ》
春斎《しゅんさい》の家
おせつの長屋
細工《さいく》町
繰糸《くりいと》町
おたまの家
下市《しもいち》
上田の屋敷
日小見《ひおみ》城
南町
（お屋敷町）
四辻《よつじ》町
神倉《かみくら》町

はじめに ——日小見《ひおみ》のこと

日小見市《ひおみし》は、県の中央部にある、しずかな古い町だ。

市の北西部には、古呂田山《ころたやま》を中心とした自然豊《しぜんゆた》かな山々《やまやま》がつらなり、東部には、市内を流れる龍田良川《たったらがわ》による田畑《たはた》がひろがっている。

町の中央の丘《おか》の上には、日小見城《ひおみじょう》がある。江戸時代《えどじだい》の日小見は、日小見藩《ひおみはん》の城下町《じょうかまち》として栄《さか》えた。城《しろ》を中心とした旧市街地《きゅうしがいち》には、いまも当時《とうじ》の古い街並《まちな》みが残《のこ》っている。

とくに、なにかがあるわけではないのだが、気軽《きがる》に江戸時代《えどじだい》の気分をあじわえるということで、日帰りの観光客《かんこうきゃく》でそこそこにぎわっている。

日小見藩《ひおみはん》は三万石《ごく》ていどではあったが、温暖《おんだん》な気候《きこう》にめぐまれていたため、豊《ゆた》かな藩《はん》だった。

藩主《はんしゅ》であった日小見家《ひおみけ》は、代々《だいだい》おだやかな人物《じんぶつ》が多く、家臣《かしん》だけではなく、領民《りょうみん》にも慕《した》われていた。そのため、大きな騒動《そうどう》もなかったので、明治《めいじ》まで平和《へいわ》に続いた。ここまで、なにも特別《とくべつ》なことがなかった藩《はん》も、かえってめずらしいといわれる。

しかしそれは、記録《きろく》として残《のこ》っていないだけのことである。

じつは日小見藩《ひおみはん》ほど、特別な藩はなかった。いや、日小見という場所こそが、特別なのかもしれない。

一の巻

立花《たちばな》たんぽぽ丸《まる》のこと

忠明院《ちゅうめいいん》は日小見市《ひおみし》の北西部、古呂田山《ころたやま》のふもとにある寺だ。もとは化《ば》け物《もの》がでそうな荒《あ》れ寺《でら》であったが、二百年ほどまえ、六代目藩主《はんしゅ》、日小見《ひおみ》忠明公《ただあきこう》の時代に建《た》てなおされ、つぎの藩主、忠正公《ただまさこう》の時代に〈忠明院《ちゅうめいいん》〉と命名《めいめい》されたころには、いまのようなりっぱな寺になっていたようだ。

この忠明院、日小見では〈たんぽぽ寺《でら》〉と呼《よ》ばれ、親《した》しまれている。

そう呼ばれる理由《りゆう》は、寺のまわりの野原いちめんにタンポポが咲《さ》くからだけではない。境内《けいだい》のすみにある、苔《こけ》むした古い墓《はか》のてっぺんにも、毎年タンポポの花が咲くのである。

墓《はか》に刻《きざ》まれた名前は、雨風《あめかぜ》にすりへり、苔《こけ》におおわれ、いまでは読むことができない。

言いつたえによれば、忠明公《ただあきこう》に仕《つか》えていた剣《けん》の名手《めいしゅ》、〈立花《たちばな》たんぽぽ丸《まる》〉の墓といわれている。

たんぽぽ丸《まる》は、剣《けん》の腕前《うでまえ》もさることながら、そのおかしな名前のせいもあり、忠明《ただあき》公《こう》がまだ幼《おさな》いころから気にいられ、生涯《しょうがい》、忠明公のよい相談相手《そうだんあいて》として仕《つか》えたとのことだ。

たんぽぽ丸が死んだとき、忠明公はその名前にちなんだのか、タンポポが咲《さ》く野原にほうっておかれていたこの寺を建《た》てなおし、その境内《けいだい》に彼の墓《はか》を建てた。

翌春《よくしゅん》、不思議《ふしぎ》なことに、その墓のてっぺんにタンポポの花が咲《さ》いた。それはまるで、忠明公のご恩《おん》に、礼《れい》を言っているようだったといわれている。

しかし実際《じっさい》には、〈立花《たちばな》たんぽぽ丸《まる》〉などという侍《さむらい》は、藩《はん》の記録《きろく》のどこにも出てこない。

古呂田山《ころたやま》のふもと、荒《あ》れ寺《でら》の前の野《の》っぱらで、若《わか》い侍《さむらい》が剣術《けんじゅつ》の稽《けい》古《こ》をしていた。

まわりはいちめんのタンポポで、その中で稽古《けいこ》する姿《すがた》は、なんとも不釣《ふつ》りあいというか、のどかなようすだ。

が、本人《ほんにん》はいたって真剣《しんけん》で、それがまたかえっておかしかった。太刀筋《たちすじ》はよく、なかなかの腕前《うでまえ》に見えるが、うかない顔をしている。着物も古い。

侍《さむらい》の名は、立花六平太《たちばなろっぺいた》。徒士《かち》というお城《しろ》の警護《けいご》をする役職《やくしょく》で、禄高《ろくだか》は低く、三十石《こく》ていど。そのうえ、六平太の父は大きな借金《しゃっきん》を残《のこ》して死んだので、とにかく貧乏《びんぼう》だった。

しかし、六平太《ろっぺいた》がうかない顔をしているのは、貧乏だからだけではない。六平太の人生《じんせい》を変えるような、正念場《しょうねんば》がせまっていたのである。

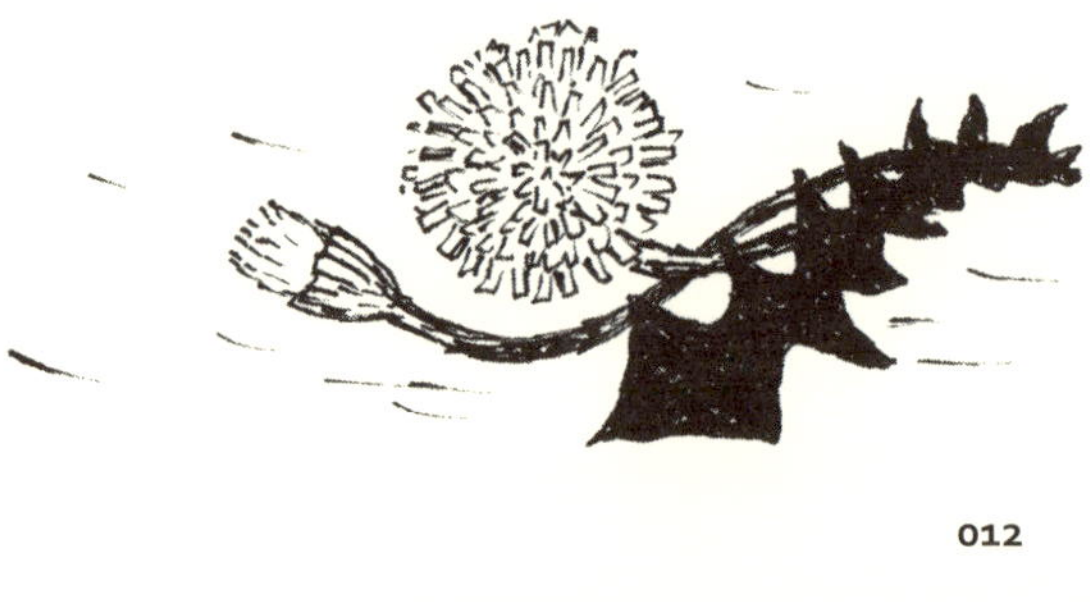

おととし、六平太《ろっぺいた》の藩《はん》の藩主《はんしゅ》になった忠明公《ただあきこう》は、まだ六歳《さい》。なにかごたごたがあったというのは、うわさにうとい六平太でも知っている。それもようやくおさまったと思われていたが、どうやら今度は、忠明公のお命《いのち》をねらう不穏《ふおん》な動きがあるらしい。

そこで、家老《かろう》の遠田官衛門《とおだかんえもん》が、忠明公《ただあきこう》をお守《まも》りするためのお側用人添役《そばようにんそえやく》を一名、あらたに起用《きよう》するとしたのだ。

剣術《けんじゅつ》武術《ぶじゅつ》の腕《うで》がたつ者なら、流派《りゅうは》はもちろん、身分《みぶん》、家柄《いえがら》も問《と》わないとのこと。家柄も縁故《えんこ》もない六平太《ろっぺいた》にとっては、またとない機会《きかい》である。起用する者は、今月末《すえ》にお城《しろ》でおこなわれる御前試合《ごぜんじあい》で決めるという。

六平太は、そのための稽古《けいこ》をしているのだ。

いちめんのタンポポが入《い》り陽《ひ》で、黄色からだいだい色に変わる。六平太がようやく木刀《ぼくとう》を置《お》き、帰りじたくをはじめたときである。

「そんだけ腕《うで》がたつのに、そういうことかあ。侍《さむらい》にしてはめずらしいやつだな。」

「なにやつ！」

六平太《ろっぺいた》が、声のするほうへふりかえると、荒《あ》れ寺《でら》の前にへんなやつが立っていた。

ニヤニヤ笑《わら》っている。背《せ》の高さは、四尺《しゃく》（約一二〇センチ）ほど。頭のてっぺんからつま先まで、白く長い毛《け》におおわれていて、見た目はどう見てもサルのよう。しかし、人間の子どものようにも見える。そう見えたのは、かすりの着物に赤い帯《おび》をしめて、草履《ぞうり》をはいていたからだ。

「見てのとおりサルだよ。だけど子どもじゃあないよ。おまえの二十倍《ばい》は生きている。着物で決めつけるな。気にいっているんだぞ。」

六平太《ろっぺいた》は、そいつが口をきいたこと、そして自分が思ったことを、そのまま言われたことにびっくりした。

モノノケか……？

「失敬《しっけい》だな。モノノケなんて言うなよ。そうびっくりすんなって。おれは人の言葉《ことば》もしゃべりゃあ、人の心だって読める。サルも三百年ちかく生きていりゃ、そのぐらいの力がつくのさ。」

そいつは、あぜんとする六平太《ろっぺいた》におかまいなしにしゃべりつづけた。

「そうかそうかあ、剣術《けんじゅつ》は好《す》きだが、人を斬《き》るのはいやなわけだな。というか、おまえ、生まれてこのかた、一度も生き物を殺《あや》めたことがないんだろ。侍《さむらい》じゃなくてもめずらしいよ。」

そのとおり。たしかに六平太は、虫《むし》さえ殺《ころ》したことがない。歩いていて、知らずにアリを踏《ふ》むことぐらいはあるだろうが、自分からとらえたり、つぶしたりしたことは一度もない。自分にとまった蚊《か》さえ、息《いき》で吹《ふ》きとばそうとするぐらいだ。

サルは、六平太《ろっぺいた》の右肩《みぎかた》の上ぐらいを見ながら、

「そうか、御前試合《ごぜんじあい》か。たしかに、殿《との》さまの前で腕前《うでまえ》みせられれば、その貧乏暮《びんぼうぐ》らしもぬけだせそうだな。でも、いざとなったら、人を斬《き》ることになるやもなあ。」

と、わかる、わかるといった感じで、うなずいて言った。

六平太は、われにかえった。

六平太のうかない顔のわけは、まさにこのこと。

いざとなったら人を斬《き》らねばならない役《やく》につくことが、いやだったのだ。しかし、

父が残《のこ》した借金《しゃっきん》は利息《りそく》が高く、いまの禄高《ろくだか》では、とても返しきれるとは思えない。一生《いっしょう》、借金に追われるのも、もちろんいやだ。

「無礼《ぶれい》な、貧乏《びんぼう》をぬけだすためなどではない！　忠明公《ただあきこう》の身《み》を案《あん》じての……。」

「たてまえ言うな。言ったろ、心が読めるって。だいたい、その腰《こし》の物《もの》もとっくに質《しち》に入れて、竹光《たけみつ》（竹でできた、にせものの刀《かたな》）じゃあないか。刀《かたな》なしでどうやって殿《との》さま守《まも》るってんだ？」

六平太《ろっぺいた》はなにも言えなかった。

サルは、背中《せなか》にしょっていた、ずだ袋《ぶくろ》を重そうに地面におろした。

「おまえにこれやるよ。」

サルが袋からだしたのは、一差《ひとさ》しの古い刀《かたな》だった。

柄巻《つかまき》（刀のにぎりに巻《ま》いたひも）は、獣《けもの》の皮《かわ》だろうか。鞘《さや》も、やけにいかつい。野《の》ぶせり（野武士《のぶし》）あたりが使いそうな、ぶかっこうな刀だ。

「なんだこれは？」

「おいおい、かっこうなんか気にしている場合《ばあい》か？　たしかに、見た目は今時《いまどき》のものじゃあないが、なかなかあじがあるだろ？　鞘《さや》にはアケビのつるが巻《ま》いてある。じょうぶだぞ。柄巻《つかまき》の皮《かわ》は……いや、知らねえほうがいいだろう。」

「いや、そういう意味《いみ》ではない、こんなものをもらう筋合《すじあ》いは……。」

「やせがまんするなって。うまくいってお側用人添役《そばようにんそえやく》になったとしても、刀《かたな》がないんじゃあ、どうしようもないだろう。これは、いままでおまえが殺《あや》めなかった、おれたちケモノや虫《むし》ケラからのほんのお礼《れい》さ。もらっとけ。」

サルは、刀《かたな》を六平太《ろっぺいた》の手に押《お》しつけた。

「いや、だから、もらうわけには……。」

六平太は、言いかけた言葉《ことば》をのみこんで、持たされた刀を見つめた。

刀がほんわりとあたたかい。

手にかかる重さも、刀ならあたりまえのずしりとしたものではない。

「どうだあ、ふつうの刀《かたな》とちがうだろ?」

たしかにちがう。手から体《からだ》に伝《つた》わる、やさしいあたたかさ。ふんわりとした重さは、まるで、生まれたての赤《あか》ん坊《ぼう》を抱《だ》いているようだった。

「よく聞けよ。それはなあ、抜《ぬ》かずとも、構《かま》えるだけで相手《あいて》に勝てる刀《かたな》、名刀《めいとう》たんぽぽ丸《まる》だ。」

サルは自慢《じまん》げに胸《むね》を張《は》っている。

「たんぽぽまる?」

「まぬけな名前でわるかったな。とにかく、今度の試合《しあい》で使ってみろ。勝ちぬけることまちがいない。」

「しかし、試合で真剣《しんけん》は使わぬ。」

「抜《ぬ》かなきゃいい。鞘《さや》つけたままでも、構《かま》えりゃ勝てるよ。」

サルは、近くにあった小枝《こえだ》を拾《ひろ》うと、役者《やくしゃ》みたいにおおげさに構えてみせた。サルにしては、いい構《かま》えだ。

六平太《ろっぺいた》は、あきれたように言った。

「鞘《さや》つけた刀《かたな》で、木刀《ぼくとう》と勝負《しょうぶ》するやつがいるか？　いい笑《わら》いものだ。」

「おいおい、素直《すなお》になれって。だいたい、まともにやってそいつ、なんとか兵衛《ひょうえ》か？　勝てねえってことは、わかってんだろ？」

六平太《ろっぺいた》は言いかえせない。

日下部《くさかべ》兵衛《ひょうえ》は、家老《かろう》の遠田《とおだ》がどこからかつれてきた居合《いあ》いの達人《たつじん》で、今回《こんかい》の試合《しあい》の本命《ほんめい》とうわさされている浪人者《ろうにんもの》だ。

以前、六平太が通《かよ》う道場《どうじょう》に押《お》しかけてきて、師範《しはん》をこてんぱんに打ちまかしたことがある。倒《たお》れた師範《しはん》をさらに打ちすえようとするのを、なんとか止めた。そいつが出ることも、六平太の悩《なや》みのたねだった。

「まあ、だまされたと思って。その刀《かたな》、鯉口《こいぐち》（鞘《さや》の差《さ》しこみ口《ぐち》）しっかり縛《しば》ってさ、鞘《さや》に入れたまま、ぶんまわすぐらいは稽古《けいこ》しときな。」

「といっても……。」

六平太《ろっぺいた》が顔をあげると、もうサルはいなかった。

いつのまにかとっぷり日が暮《く》れていて、吹《ふ》く風もうすら寒《さむ》くなっていた。

まわりのタンポポも、花をとじていた。

さて、いよいよ試合当日《しあいとうじつ》。

城《しろ》の庭、忠明公《ただあきこう》や家老遠田《かろうとおだ》の御前《ごぜん》で、試合の始まりを告《つ》げる太鼓《たいこ》が鳴りひびく。

六平太《ろっぺいた》はふたりを見るのははじめてだったが、忠明公はほんとに子どもで、そのとなりにすわる遠田こそが藩《はん》を動かしているというのは、上の事情《じじょう》にうとい六平太にもすぐにわかった。

審判役《しんぱんやく》は、お側用人《そばようにん》の上田角之進《うえだかくのしん》。物頭《ものがしら》（徒士《かち》の大将《たいしょう》）もかねているだけに、剣《けん》の腕《うで》も相当《そうとう》らしい。上田の鋭《するど》い眼《め》が、よりいっそう空気をはりつめさせている。

六平太《ろっぺいた》はついていないことに、一番目の試合《しあい》、しかも相手《あいて》はよりによって、あの日下部兵衛《くさかべひょうえ》だった。

「一の試合、日下部兵衛！」

兵衛《ひょうえ》は遠田《とおだ》に目くばせすると、トカゲのような目で六平太をにらみながら、木刀《ぼくとう》を手に試合の場に歩《あゆ》みでた。まちがいなく人を斬《き》る者の目だ。

——とても勝てそうにない。

「相手《あいて》、立花六平太《たちばなろっぺいた》！」

立ちあがれない。ヘビににらまれたカエルとはこのことだ。体《からだ》が動かない。

「おい、呼《よ》ばれたぞ。」

だれかにこづかれ、ようやく手さぐりで、かたわらに置《お》いた木刀《ぼくとう》に手をのばす。

つぎの瞬間《しゅんかん》、六平太《ろっぺいた》の体から、術《じゅつ》が解《と》けたかのようにこわばりが消《き》えた。ふんわりとしたあたたかみにつつまれる。見ると、六平太の手が触《ふ》れたのは、木刀ではなく、たんぽぽ丸《まる》だった。

きのうのサルの言葉《ことば》が頭にうかんだ。

——構《かま》えるだけで相手《あいて》に勝てる。

「構えるだけ……。」

六平太は、たんぽぽ丸《まる》を手に立ちあがった。

審判役《しんぱんやく》の上田角之進《うえだかくのしん》がおどろいて叫《さけ》んだ。

「そのほう、真剣《しんけん》を使う気か？」

「いや、鞘《さや》をつけたまま、立ちあい申す。」

「なにを言っておる？　正気《しょうき》か？　殿《との》の御前《ごぜん》だぞ。」

「このとおり、下《さ》げ緒《お》（刀《かたな》をさげるひも）で鯉口《こいぐち》をきつく縛《しば》っております。」

「とは申しても……。」

そのとき、遠田《とおだ》の野《の》ぶとい声がひびいた。

「まあ、いい、好《す》きにさせい。時間がもったいないわ。」


「はじめい！」

上田《うえだ》の声がひびいた。

六平太《ろっぺいた》が、たんぽぽ丸《まる》を構《かま》えた、そのときである。

まるでだれかに鼻をつままれたような気がした。

しまった！　この一瞬《いっしゅん》のすきを兵衛《ひょうえ》が見のがすはずがない……しかし、兵衛は動かない。兵衛はあっけにとられている。

六平太はおどろいた。

なんと自分の鼻のてっぺんから、草の芽《め》のようなものが出てきたのだ。芽は、見るまににゅるりと伸《の》びて、その先に黄色い花がぱっと咲《さ》いた。

「なんだこれは⁉」

六平太《ろっぺいた》は、花をむしりとり、投げすて、構《かま》えなおす。するとまた鼻のあたまに芽が出て、ぱっと黄色い花が咲いた。むしってもむしっても、構えるごとに黄色い花が咲いた。

兵衛《ひょうえ》はぽかんと口をあけたまま、動かない。

そのとき、無邪気《むじゃき》な笑《わら》い声《ごえ》がひびいた。

「タンポポだ、タンポポだ、鼻に花が咲《さ》いておる。はなにタンポポが咲いておる！」

忠明公《ただあきこう》だった。まるで、ひな人形《にんぎょう》がいきなり動きだしたかのように飛びあがって、よろこんでいる。それをきっかけに、どっと笑い声があがった。上田《うえだ》や遠田《とおだ》もふきだした。

「なんだあ？　こやつはあ？」

相手《あいて》の兵衛《ひょうえ》さえも、そのまぬけさに腹《はら》をかかえて笑《わら》っていた。

「サルが言っていたのは、こういうことか！」

六平太《ろっぺいた》は、はっと気がつき、兵衛《ひょうえ》にすばやく近づいた。兵衛の首にたんぽぽ丸《まる》が突《つ》きつけられたのを見て、上田《うえだ》はわれにかえった。


「しょっ、勝負《しょうぶ》あり！」

笑《わら》いがやんだ。


そしてそのあと、やんやの歓声《かんせい》。

兵衛《ひょうえ》は、烈火《れっか》のごとくおこりだした。

「御前試合《ごぜんじあい》をなんと心得《こころえ》る！　お守《まも》り役《やく》を決める剣術の勝負《しょうぶ》に手妻《てづま》（手品《てじな》）をもちいるとは、無礼《ぶれい》にもほどがあるわ！　いまの勝負はなしだ、なし！」

その場がどよめいた。


「まてい！」

遠田《とおだ》の声がひびいた。

「今回《こんかい》の試合《しあい》は、剣術《けんじゅつ》の流派《りゅうは》を問《と》わず武術《ぶじゅつ》に秀《ひい》でた者を広く登用《とうよう》するためのもの。たしかに、いまのは正当《せいとう》な剣術ではないが、勝負がついたことには変わりない。采配《さいはい》ど

おり、そちの勝ちじゃ。」

遠田《とおだ》の意外《いがい》な判断《はんだん》に、その場がわいた。なかでもいちばんうれしそうなのは、忠明《ただあき》公《こう》だった。

その後も六平太《ろっぺいた》は、勝ちすすんだ。というよりも、だれもが笑《わら》ってしまって、勝負《しょうぶ》にならない。

六平太がまじめな顔で構《かま》えるたびに、鼻のあたまにタンポポがぱっと咲《さ》く。六平太がまじめな顔をすればするほど、おかしくて、まったく試合《しあい》にならなかった。

こうして七人勝ちぬいたとき、ついに、そのひどさに見かねた遠田《とおだ》が、試合の中止《ちゅうし》を忠明公《ただあきこう》に申しでた。しかし、忠明公は六平太を御前《ごぜん》に呼《よ》び、言った。

「立花六平太《たちばなろっぺいた》、そちをお側用人添役《そばようにんそえやく》とする。」

こうして六平太は、一度も刀《かたな》を抜《ぬ》かずに添役《そえやく》となった。

六平太《ろっぺいた》は毎日、稽古《けいこ》にはげんだ。

妖術《ようじゅつ》で添役《そえやく》になったと、陰口《かげぐち》をたたく者がいるからだ。

しかし、城《しろ》の者はおおむね六平太《ろっぺいた》を歓迎《かんげい》した。こぞって六平太の稽古《けいこ》を見にくる。というのも、忠明公《ただあきこう》のたっての願《ねが》いで、六平太は、鞘《さや》におさめたたんぽぽ丸《まる》で稽古をしていたのだ。構《かま》えるたびに鼻のあたまにタンポポが咲《さ》くのを見て、忠明公は、きゃっきゃと笑《わら》った。そのときは藩主《はんしゅ》ではなく、六つの子どもの姿《すがた》である。たくさんのタンポポの花と、忠明公の笑い声につつまれ、城からは、いつしか不穏《ふおん》な空気は消《き》えさり、家来《けらい》たちにも笑顔《えがお》がもどってきた。めったに笑《わら》わぬことで知られる遠田《とおだ》でさえ、目をほそめて六平太《ろっぺいた》の稽古《けいこ》と忠明公《ただあきこう》のようすを見まもる姿《すがた》が見られた。

六平太《ろっぺいた》がお側用人添役《そばようにんそえやく》になって、半年ほどたったある日。忠明公《ただあきこう》がお忍《しの》びで、山の中の尼寺《あまでら》、時久庵《じきゅうあん》に行かれるとのことで、六平太がお供《とも》することになった。いままでも、たびたびお忍びにお供することはあったが、今回《こんかい》はまるでようすがちがう。お忍びとはいえ、いつもはお供が七、八人つくのだが、今回は六平太とお側用人《そばようにん》の上田角之進《うえだかくのしん》、乳母《うば》の三人のみである。よほど、秘密《ひみつ》の道行《みちゆ》きのようだ。

それにくわえ、忠明公《ただあきこう》のいつもとちがうはしゃぎようから、六平太《ろっぺいた》にある考えがうかんだ。まともな答えは期待《きたい》しなかったが、六平太は、黙々《もくもく》としたくをする角之進《かくのしん》に聞いてみた。

「角之進《かくのしん》どの、ひょっとして時久庵《じきゅうあん》には、忠明公の御母堂《ごぼどう》さまなる方《かた》が、いらっしゃるのではありませんか？」

角之進は脚絆《きゃはん》（袴《はかま》のすそをしめる布《ぬの》）をしめる手をとめ、答えた。

「われわれの仕事《しごと》は、殿《との》をお守《まも》りすること。とにかく、きょうは藩《はん》にとってではなく、殿にとって大切《たいせつ》な日だ。わしは、殿《との》のお命《いのち》を守る。おぬしは、殿の笑顔《えがお》をお守りせい。」

質問《しつもん》の答えにはなっていなかったが、無愛想《ぶあいそう》な角之進《かくのしん》が、すこしだけ笑《わら》った気がして、六平太《ろっぺいた》はうれしかった。

忠明公《ただあきこう》の駕籠《かご》と六平太《ろっぺいた》たちは、朝もやのなか、城《しろ》を出た。

時久庵《じきゅうあん》の山門《さんもん》で出むかえた尼《あま》に、忠明公は自慢《じまん》げに六平太を紹介《しょうかい》した。尼は忠明公の頬《ほほ》に手をあて、そのほてりをしずめるようにさすりながら、六平太にほほえんだ。

「貴殿《きでん》のご活躍《かつやく》は、聞きおよんでいますよ。」

「いや、わたくし、活躍といえるようなことは、なにひとつ……。」

「刀《かたな》で人を斬《き》ることだけが、侍《もののふ》の活躍ではありません。貴殿《きでん》が仕《つか》えてからというもの、城内《じょうない》の気が変わり、笑《わら》いが絶《た》えないというではないですか。笑いは、邪悪《じゃあく》な気を払《はら》います。ひいては、忠明《ただあき》さまをお守《まも》りしているとは思いませんか？」

六平太《ろっぺいた》は、ほめられているのか、忠明公《ただあきこう》の手前、かばわれているのかがわからず、心もとない気持ちになり、尼《あま》と目を合わせられなくなった。

「忠明さまの御前《ごぜん》だから、かばっているわけではありません。ほめているのですよ。」

「へ？」

おもわず見た尼《あま》の顔は、満面《まんめん》の笑《え》みだった。

「心を読むのは、古《ふる》ザルだけではありません。」

あぜんとする六平太《ろっぺいた》の手を、忠明公《ただあきこう》がひっぱった。

「話はあとじゃ。稽古《けいこ》じゃ、稽古じゃ。」

忠明公は六平太を庭につれていき、尼《あま》の前で稽古《けいこ》をさせた。六平太の鼻に、季節《きせつ》はずれのタンポポが咲《さ》くたび、尼は涙《なみだ》を流して笑《わら》った。忠明公は尼のひざの上で、おなじように笑っていた。

六平太《ろっぺいた》たち一行《いっこう》が時久庵《じきゅうあん》を出たときには、空が赤《あか》らみはじめていた。まだ紅葉《こうよう》には早いが、空気がひんやりしている。まっ赤《か》な彼岸花《ひがんばな》が、色の変わりかけたやぶの中にあざやかだ。

山道が終わりに近づき、いよいよあたりが夕日に赤く染《そ》まりはじめたころである。

「なにやつ！」

角之進《かくのしん》が、駕籠《かご》をとめ、刀《かたな》を抜《ぬ》いた。六平太《ろっぺいた》も、たんぽぽ丸《まる》に手をかける。

茂《しげ》みの中からあらわれたのは、白く光る大太刀《おおだち》を手にした四人の男だった。覆面《ふくめん》で顔は見えない。

六平太は、自分にむけられている真剣《しんけん》をはじめて目にした。その刀身《とうしん》は、さらにまわりの空気を冷たくしているように見えた。

頭目《とうもく》と思われるひとりをのぞく三人が、とりかこむようにじりじりと間合《まあ》いをつめてくる。六平太《ろっぺいた》は、ゆっくりと、鞘《さや》のまま、たんぽぽ丸《まる》を構《かま》えた。

六平太の鼻に、ぱっとタンポポが咲《さ》いた。

三人がおどろいてあっけにとられたようすが、覆面《ふくめん》ごしに見てとれた。そのすきをつき、角之進《かくのしん》が、いちばん手前の男に斬《き》りかかる。

角之進は、ひとり目を難《なん》なく斬《き》りすて、返す刀《かたな》でふたり目の腕《うで》に一太刀《ひとたち》あびせた。さすが物頭《ものがしら》、すばやい動きのいい腕《うで》である。それに気をとられた三人目の手首《てくび》を、たんぽぽ丸のかたい鞘《さや》が打ちすえた。

「ぎゃっ！」

刀《かたな》を落とした男は、いためた腕《うで》をかばいながら、やぶの中へ逃《に》げようとする。

「逃げるか！」

六平太《ろっぺいた》が、追うか追わぬか一瞬《いっしゅん》まよったそのとき、

「むう！」

角之進《かくのしん》のうめき声が聞こえた。

いつのまにか、角之進の背後《はいご》にまわっていた頭目《とうもく》が、角之進に斬《き》りつけたのだ。すんででかわしたものの、角之進の腕《うで》は血《ち》に染《そ》まっていた。

「角之進《かくのしん》どの！」

六平太《ろっぺいた》は、ついにたんぽぽ丸《まる》を鞘《さや》から抜《ぬ》いた。一陣《いちじん》の風が、まわりの彼岸花《ひがんばな》と、六平太の鼻のタンポポをゆらした。

「やっと刀《かたな》を抜いたか、手妻屋《てづまや》め！」

覆面《ふくめん》の中に見える、ギラギラしたトカゲのような目つきには見おぼえがあった。

「きさまは日下部《くさかべ》兵衛《ひょうえ》！　さては忠明公《ただあきこう》のお命《いのち》をねらっていたのは、ご家老《かろう》の遠田《とおだ》さまか！」

「遠田さまがなんで、おまえみたいなやつを添役《そえやく》にしたかもわかったろう。もっとも、おれがあのとき、添役になっていれば、もっと話は早かったがな。なあに、角之進《かくのしん》さえ倒《たお》せばこっちのもの。おまえを先に始末《しまつ》してやる。」

兵衛《ひょうえ》は、六平太《ろっぺいた》のほうへ斬《き》りかかった。

「ええい！」

刀《かたな》のぶつかる音が二度、山にひびく。

三度目がひびくまえに、六平太《ろっぺいた》の鼻のタンポポが宙《ちゅう》を舞《ま》った。

すれちがいざま、六平太は手に、なんともいえないずっしりとした重みを感じた。

それは、いままで感じたことのない重み……。六平太は、夢中《むちゅう》でたんぽぽ丸《まる》を払《はら》った。

きゅうに、その重みが消《き》えた。

——ガチャリ
はっと六平太《ろっぺいた》はふりかえり、すばやく構《かま》えなおした。

その音は、兵衛《ひょうえ》の手から刀《かたな》が落ちた音だった。兵衛は、がっくりと肩《かた》を落とし、よろよろと草むらのほうへ歩いていく。そして、満開《まんかい》のまっ赤《か》な彼岸花《ひがんばな》の中に倒《たお》れこんでいった。

ふたたび強い風が、彼岸花《ひがんばな》をゆらす。

——ガチャリ
こんどは、六平太の手から、たんぽぽ丸《まる》が落ちた。たんぽぽ丸が、きゅうにずしりと重たくなったのだ。六平太《ろっぺいた》は、たんぽぽ丸《まる》を拾《ひろ》いあげた。まるで、兵衛《ひょうえ》を斬《き》ったときの重みが、そのまま乗りうつったかのように重い。そして、たんぽぽ丸は、おどろくほど冷たかった。

ふと顔をあげると、そこにあのサルが立っていた。

サルは悲《かな》しそうな顔をして、六平太《ろっぺいた》を見つめている。

「おれは……おれは……。」

六平太がふりしぼるようにだした声をおさえるように、サルは、ひとこと、

「おなじだよ。おなじ。」

とだけ言った。

そして六平太に背《せ》をむけた。

つぎの瞬間《しゅんかん》、その姿《すがた》は無数《むすう》の木《こ》の葉《は》となって、消《き》えた。

だれかが、六平太《ろっぺいた》の袴《はかま》をひっぱっている。

忠明公《ただあきこう》だった。忠明公は、サルが消えたあたりのやぶをじっと見つめている。六平

太は、だまって忠明公《ただあきこう》を抱《だ》きあげた。

まっ赤《か》な夕日が、しずくのように山《やま》の端《は》に沈《しず》んだ。

六平太《ろっぺいた》は傷《きず》ついた角之進《かくのしん》をせおい、駕籠《かご》を守《まも》って、ぶじ、忠明公《ただあきこう》をお城《しろ》につれかえり、お役目《やくめ》を果《は》たした。

その後、はかりごとが露見《ろけん》した家老遠田官衛門《かろうとおだかんえもん》は、蟄居《ちっきょ》。城にはもういない。六平太は今回《こんかい》の手《て》柄《がら》で、剣術指南役《けんじゅつしなんやく》になった。

鞘《さや》をつけたまま稽古《けいこ》をしていた六平太にとって、抜《ぬ》き身《み》のたんぽぽ丸《まる》は、綿毛《わたげ》のように軽《かる》かった。兵衛《ひょうえ》よりもすばやい動きができたのは、けっきょくは、サルの言ったとおり稽古《けいこ》をしていたおかげともいえる。

しかし、たんぽぽ丸を構《かま》えても、もう六平太の

鼻に、黄色いタンポポの花が咲《さ》くことはなかった。

また春がきて、タンポポが咲きはじめたころ、六平太《ろっぺいた》はあの野原にたんぽぽ丸《まる》を埋《う》めて、小さな墓《はか》を建《た》てた。

しばらくすると、その墓のてっぺんに小さなタンポポの花が咲いた。

六平太《ろっぺいた》は、その後もながく、剣術《けんじゅつ》指南役《しなんやく》として忠明公《ただあきこう》に仕《つか》えた。

しかし、生涯《しょうがい》、刀《かたな》を抜《ぬ》くことはなかったという。

というわけで、忠明院《ちゅうめいいん》の境内《けいだい》にある墓《はか》は、〈立花《たちばな》たんぽぽ丸《まる》〉という侍《さむらい》の墓ではない。あの墓の下には〈たんぽぽ丸〉という刀《かたな》が眠《ねむ》っているのだ。

だいたい侍《さむらい》の名前は〈立花たんぽぽ丸〉ではない。

侍の名は、立花六平太《たちばなろっぺいた》だ。

二の巻

草冠《くさかんむり》の花嫁《はなよめ》

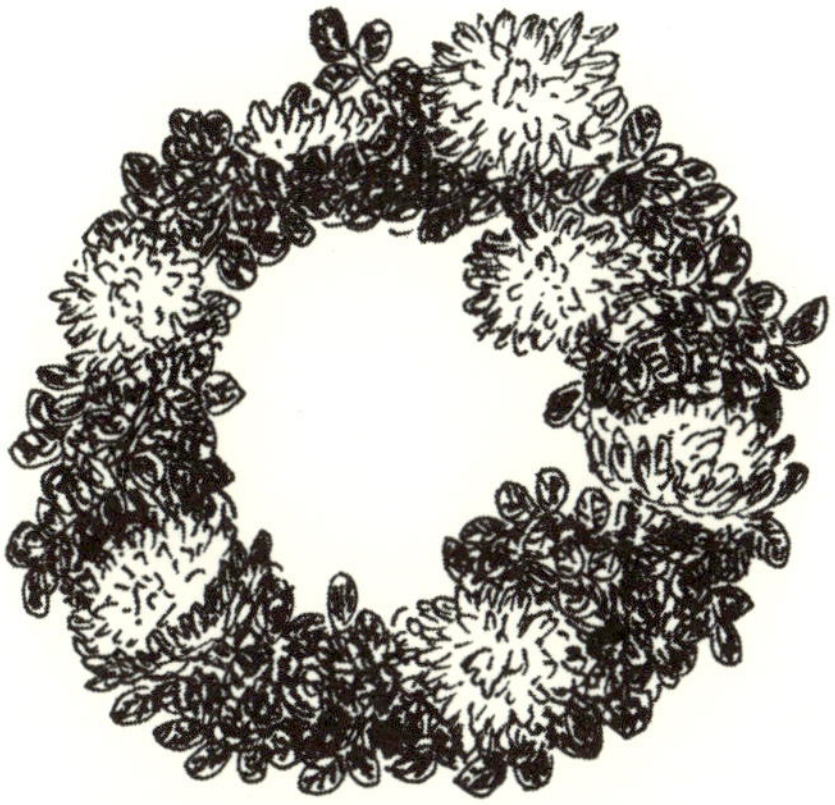

冠稲荷神社《かんむりいなりじんじゃ》、別名《べつめい》〈未練稲荷《みれんいなり》〉は、龍田良橋《たったらばし》を渡《わた》った川向こうにある。縁結《えんむす》びのご利益《りやく》が有名《ゆうめい》で、草冠《くさかんむり》の形のお守《まも》りや、名物《めいぶつ》のいなりずしは、雑誌《ざっし》やテレビの旅番組《たびばんぐみ》でもよく取りあげられる。

ただ、縁結びといっても、ふつうの〈縁結び〉ではない。

というのは、別《わか》れた恋人《こいびと》とやりなおしたり、離《はな》れてしまった相手《あいて》と再会《さいかい》するのに、ご利益《りやく》があるといわれているのだ。〈未練稲荷《みれんいなり》〉なんてしめっぽい呼《よ》ばれ方《かた》をしているのも、そのせいだ。顔をかくしてお参《まい》りする人も、少なくない。

しかし、この神社のいわれは、じつは、それほどしめっぽい話ではない。

この話を人びとが知れば、この神社は、もっとちがう名前で呼ばれることになるだろう。

清七《せいしち》には妙《みょう》なくせがあった。

清七は、紺屋町《こんやちょう》の豆腐屋《とうふや》で働《はたら》いている。もともとは流《なが》れ者《もの》で、店《みせ》の前で気をうしなっているところを、豆腐屋の主人《しゅじん》、与平《よへい》に助けてもらったのだ。

そのときの清七は、旅姿《たびすがた》で、物取《ものと》りにでもあったのか頭にけがを負《お》っていた。そのせいか、自分が、どこの何者《なにもの》かもおぼえていなかった。ながくつらい旅をしていたのだろう、体《からだ》のあちこちに古い傷《きず》があったが、どこのだれとわかる特徴《とくちょう》はなにひとつなかった。

さいわい与平《よへい》は情《じょう》に厚《あつ》い人で、身元《みもと》もわからぬ清七《せいしち》を店に住《す》まわせ、豆腐《とうふ》のつくり方を教えた。清七という名前も、与平がつけてくれたものだ。与平の亡《な》くなった息子《むすこ》の名前らしい。

清七は、いろいろな仕事《しごと》の経験《けいけん》があったのか、とにかく器用《きよう》で、なんでもうまくこなした。豆腐《とうふ》づくりも、おどろくほど呑《の》みこみが早く、すぐに仕事をおぼえ、ご恩返《おんがえ》しとばかりに働《はたら》いた。毎日、星が出ている時分《じぶん》から豆腐《とうふ》、おから、油揚《あぶらあ》げづくり。とくに、清七《せいしち》の油揚げはなかなかのもので、豆腐の身《み》がしっかりしているのに、衣《ころも》はふわふわ。ひと月前あたりから店売《みせう》りをはじめたのだが、毎日行列《ぎょうれつ》ができて、あっというまに売りきれる。

店売りが終わると、料理屋《りょうりや》や茶屋《ちゃや》に注文《ちゅうもん》の品《しな》を届《とど》け、その足で材料《ざいりょう》の仕入《しい》れ。日がかたむきかけたころ、ようやく一服《いっぷく》できるといった日々《ひび》である。

「清七《せいしち》、またそれかい?」

店《みせ》の裏《うら》を流れる龍田良堀《たったらぼり》の土手《どて》。腰《こし》をかけて休んでいる清七に、与平《よへい》が声をかけた。

「ああ、なんか、しぜんに手が動いちまうんで。」

「しぜんにしちゃあ、あいかわらずたいしたもんだ。売《う》り物《もの》にならんかね。」

「こんなもん、いったいだれが、なにに使うんですか?」

笑《わら》いながら答えた清七の手には、レンゲでつくった、

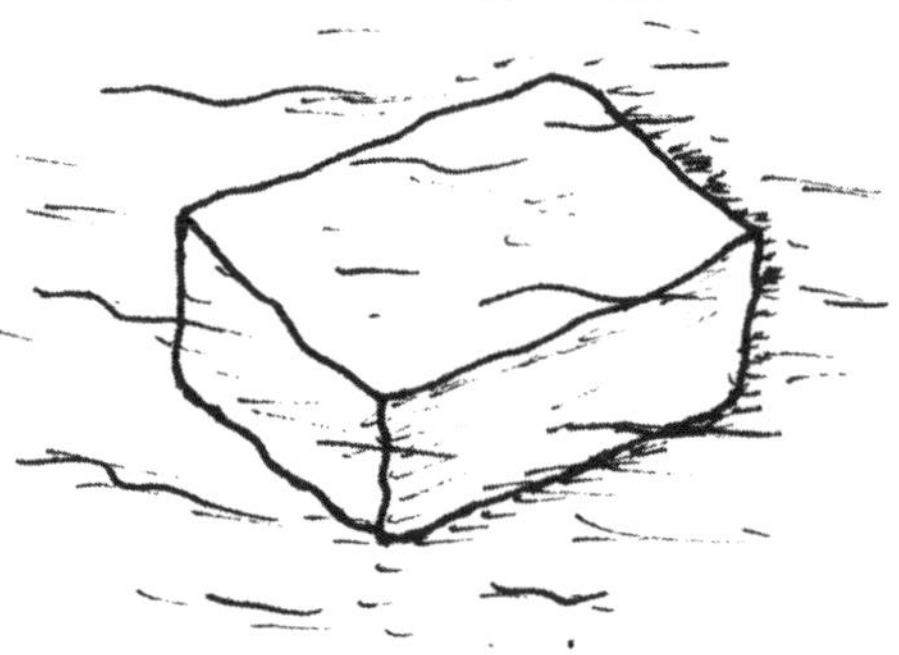

りっぱな草の冠《かんむり》ができあがっていた。

これが清七《せいしち》のくせである。清七はそのへんの草やらつるやら、気がつけば納豆《なっとう》の藁《わら》なんかでも、みごとな草冠《くさかんむり》を編《あ》みあげてしまうのだ。

与平《よへい》は、キセルの煙《けむり》を吐《は》きながら言った。

「いったい、だれから教《おそ》わったんだろうねえ。」

うすむらさきの煙が、舞《ま》いおりる桜《さくら》の花びらを踊《おど》らせるように、青い空へ消《き》えていく。清七《せいしち》は、ぼんやりとそれを見ながら、思いだしていた。

それは清七にとって、頭の中にあるただひとつの思い出。

桜《さくら》の下の小さい祠《ほこら》の前で清七は、花びらが舞《ま》いちるなか、おない年《どし》くらいの女の子から草冠《くさかんむり》の編《あ》み方《かた》を教わっている。女の子は身分《みぶん》が高いらしく、白地《しろじ》に桜《さくら》とハコベの花模様《はなもよう》のきれいな打掛《うちか》けを着ている。祝言《しゅうげん》のまねごとをしており、頭からうすい紗《しゃ》の衣《ころも》をかぶっていて、顔はよく見えない。清七は、草冠を女の子の頭にのせようとする。女の子はうすく透《す》けた衣《ころも》をとり、こうべを垂《た》れるのだが、そのあとが思いだせない。

その子の顔も、どうしても思いだせないのだ。

「さあ、仕事《しごと》、仕事。」

与平《よへい》がキセルをしまったので、清七《せいしち》も立ちあがった。手にした草冠《くさかんむり》の輪《わ》の中を、土手《どて》の桜《さくら》の花びらが一枚《まい》ひらひらと舞《ま》いくぐった。


店《みせ》にもどると、店先に小さな女の子が、ひとり立っていた。

「油揚《あぶらあ》げくださいな。」

女の子は六つか七つぐらいで、髪《かみ》はきれいなおかっぱ頭、仕立《した》てのいい着物を着ている。このへんの子ではないらしく、どこかのお屋敷《やしき》か、大店《おおだな》で奉公《ほうこう》しているといった感じだ。

清七《せいしち》は、すまなそうに答えた。

「ごめんなあ。きょうの分《ぶん》は売りきれちまったんだよ。あした来てくんな。」

女の子の顔が、みるみるくもっていく。ややつりぎみの細い目から、小さな涙《なみだ》がわいてでた。

「評判《ひょうばん》きいて、せっかく宗右衛門町《そえもんちょう》から来たんだよお。手ぶらで帰ったら、おじょうさまにしかられちまうよお。」

宗右衛門町《そえもんちょう》といえば、お城《しろ》のむこう側《がわ》の古呂田山《ころたやま》のふもとあたり。子どもにしては、ずいぶん遠くから来たものだ。

「おじょうさまってのは、そんなにこわいのかい?」

女の子は、頭をでんでん太鼓《だいこ》みたいにふった。

「おじょうさまはおこったりしないよお。やさしいひと。でも、油揚《あぶらあ》げがなによりお好《す》きなんだ。だから楽しみにしてる。」

「そうかあ。でも、材料仕込《ざいりょうしこ》むのはこれからだからなあ。どんなに早くても、揚《あ》がるのは夜だなあ。」

女の子のつり目から、涙《なみだ》があとからあとから流れてくる。

清七《せいしち》は、女の子の前にしゃがむと、手に持っていた草冠《くさかんむり》を頭にのせた。

「わかった、わかった。あした、もういちどこられるかい? おまえのために、一枚《まい》かならず残《のこ》しとくよ。お代《だい》はいらないさ。いいですよね、与平《よへい》さん。」

与平はだまってうなずく。女の子は顔をあげると言った。

「二枚《まい》じゃだめ？　あたしも食べたい。」

「いいさ、いいさ、二枚でも三枚でも。」

「じゃあ、三枚。」

女の子はもう笑《わら》っている。草冠《くさかんむり》をのせて笑う女の子を見たとき、清七《せいしち》の頭にあの思い出がよぎった。

女の子は自分の頭から草冠をとると、しげしげとながめながら聞いた。

「これ、おにいさんがつくったの？」

「そうさ。おまえにあげるよ。駄賃《だちん》代《が》わりだ。」

女の子は、草冠《くさかんむり》と清七《せいしち》を感心《かんしん》したように見くらべたあと、それを頭にのせて、うれしそうに、

「どう？　お嫁《よめ》さんみたい？」

と笑った。

清七はおどろいた。

「なんで、それがお嫁さんみたいなんだい？」

「そんなの、むかしから決まっているじゃない。じゃあ、あしたね！」

「おいおい、ちょっと。」

清七《せいしち》は女の子を引きとめようとしたのだが、女の子はひょいと店《みせ》を出ると、夕暮《ゆうぐ》れの人ごみの中をぬうように走って、消《き》えていってしまった。

それは、まるでウサギかなにかのような、すばしっこさだった。


つぎの日、女の子は、きのうとおなじ時間にやってきた。頭には、草冠《くさかんむり》をのせている。

「きのうは暗くなるまえに帰れたのかい？」

心配顔《しんぱいがお》の清七《せいしち》に、女の子はけろりと答えた。

「ぜんぜん平気《へいき》。あたし、こう見えて足ははやいんだもの。暗いのも夜も、ちっともこわくない。それより、油揚《あぶらあ》げとっといてくれた？」

「もちろんさ、ちゃんと三枚《まい》な。」

女の子のつり目が、細くなる。

「わあい、ありがとう、お代《だい》はほんとうにいいの？」

「いいよ、いいよ、約束《やくそく》だから。おじょうさんからお金《かね》もらってきたんだったら、飴《あめ》でも買って帰ればいい。」

「じゃあ、これあげる。」

女の子は、自分の頭から草冠《くさかんむり》をとると、清七《せいしち》にわたした。

「あげるって、これは、おれがきのう……。」

言いかけた清七は、おやと思った。きのう、清七がわたした草冠ではないのだ。編《あ》み方《かた》はまったくおなじなのだが、レンゲではなく、ハコベの花で編んでいる。

女の子は得意《とくい》そうに言った。

「どう？　おじょうさまが、庭のハコベで編んだのよ。にいさんよりじょうずでしょ？」

清七は草冠《くさかんむり》をたしかめながら、女の子に聞いた。

「おじょうさんは、どんな人なんだい？　名前は？」

女の子は、油揚《あぶらあ》げをながめながら答えた。

「おぎんさま。おひめさまだよ。」

その晩《ばん》、清七《せいしち》はなかなか寝《ね》つけなかった。昼間のできごとを考えていたのだ。ちょっと後悔《こうかい》している。もっと女の子を引きとめて、話を聞けばよかった。

――その、おぎんさまっていうおひめさまに会えば、おれがどこの何者《なにもの》なのか、わかるかもしれない。

そう気がついたときには、もう女の子は店《みせ》を走りでていた。一刻《いっこく》も早く、油揚《あぶらあ》げをおぎんさまに届《とど》けたかったのだろうか。清七《せいしち》はあわてて追いかけたのだが、やはり女の子は並《な》みはずれてすばしっこく、まえの日のように見うしなってしまったのである。

おひめさまということは、どこかの武家《ぶけ》のおじょうさまなのか？　おれが、とてもそんなお武家と関《かか》わりがあるわけがない。しかし、記憶《きおく》の中で草冠《くさかんむり》の編《あ》み方《かた》を教えてくれた女の子は、たしかに身分《みぶん》が高そうだった。

草冠は、自分がだれなのかをたどれる、ただひとつの手がかりである。

あしたは、宗右衛門町《そえもんちょう》まで、あの子をさがしにいってみよう。もし見つけることができたら、おぎんさまとやらに会わせてもらおう。

清七《せいしち》は、朝さっそく与平《よへい》に考えを話し、ひまをもらって宗右衛門町《そえもんちょう》に行きたいと言った。

すると与平は、

「あの草冠《くさかんむり》のことは、正直《しょうじき》おれも気になってたんだ。どうせ仕事《しごと》してたって、心ここにあらずってのは、あの後のおまえのようすを見てりゃわかる。きょうは仕込《しこ》みもおれにまかせて、いいからさっそく行ってこいや。なんかわかるかもしれねえぞ。」

と言って、清七《せいしち》を店《みせ》から押《お》しだした。

「与平《よへい》さん、すみません。」

ふりかえって礼《れい》をいう清七に、与平はすこしさびしそうに、

「なにがわかっても、かならず帰ってこいよ。で、とっとと寝《ね》て、あしたの仕込みはたのんだぜ。きょうみてえに寝坊《ねぼう》したら承知《しょうち》しねえからな。」

と言うと、店の奥《おく》にひっこんでいった。

宗右衛門町《そえもんちょう》は日小見《ひおみ》でも古い町で、小さな店《みせ》から、大店《おおだな》、寺やお宮《みや》、お武家《ぶけ》の屋敷《やしき》までが、日小見《ひおみ》の町全体をぎゅっとちぢめたみたいに同居《どうきょ》している。雑多《ざった》な町ではあるが、むかしから住む人が多いぶん、人の出入《でい》りも少ないので、住む人たちはたがいに顔見知《かおみし》りであることが多い。そんな町での人さがしは、かんたんなことに思われた。

そうはいかなかった。

最初、清七《せいしち》は、宗右衛門町《そえもんちょう》の豆腐屋《とうふや》をたずねてまわった。おぎんさまは、油揚《あぶらあ》げが好物《こうぶつ》と聞いたから。しかし、「ちょっとつり目で、六つか七つのおかっぱ頭の女の子」など山ほどいるわけで、清七が説明《せつめい》するような女の子が、お使いで油揚げを買いにくることなど、めずらしくない。特別《とくべつ》な手がかりは、なにひとつなかった。

おひめさまと呼《よ》ばれる人が住みそうなお屋敷《やしき》は、当然《とうぜん》のことながら、敷居《しきい》も塀《へい》も高く、中をのぞくの

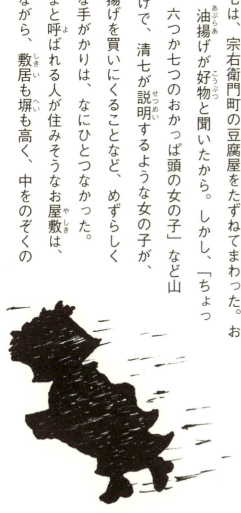

もむずかしい。

朝から半日《はんにち》さがして、聞きだせた手がかりは、ひとつだけ。

きのうの夕方、えらくすばしっこい女の子が、だいじそうにお椀《わん》をかかえて、古呂《ころ》田山《たやま》のほうにかけていったのを、ひまそうな手相見《てそうみ》が見ていた。

清七《せいしち》は、もういちど女の子に会いたければ、自分の店《みせ》に油揚《あぶらあ》げを買いにくるのを待つのがいちばんだと気がついた。

おぎんさまが、清七の油揚《あぶらあ》げを気にいってくれたなら、あの子は、かならずまた買いにくるはずである。

そう思いはじめると、清七はいてもたってもいられず、紺屋町《こんやちょう》にむけてきびすをかえした。

紺屋町《こんやちょう》の店が見えてきたのは、ちょうどきのう、女の子がやってきたころの時間だった。

店先では、清七《せいしち》の姿《すがた》を見つけた与平《よへい》が、大きく手をふっている。

「清七《せいしち》、早くこい！」

与平《よへい》は、かなりあわてている。

「どうしました？」

店《みせ》に帰ったら、とりあえず水を一杯《ぱい》飲みたいと思っていた清七だったが、水が必要《ひつよう》なのは与平のように思えた。

与平《よへい》は興奮《こうふん》しながら、

「あの子、あの子が来てる。」

と言って、店の奥《おく》を指さした。

清七《せいしち》の勘《かん》は、あたったのだ。

清七は、舞台《ぶたい》に出るまえの役者《やくしゃ》みたいに深呼吸《しんこきゅう》をし、自分を落ちつかせ、店にはいった。

「おう、来てたのか。油揚《あぶらあ》げうまかったかい。」

女の子は、ほんのちょっとにこりとしたが、かしこまった調子《ちょうし》で言った。

「はい、おいしゅうございました。けれどもわたくし、しかられてしまいました。」

なぜだか、こちらも芝居《しばい》のセリフみたいだ。

「しかられた？　おじょうさまにかい？」

「はい。」

「どうして？」

女の子は、うつむきながら答えた。

「お代《だい》を払《はら》わなかったことで……。きちんとお代を払ってくるよう言われました。

それとこれは、おじょうさまからです。」

ばねを巻《ま》きすぎたからくり人形《にんぎょう》のように差《さ》しだされた手の上には、竹皮《たけかわ》の包《つつ》みがひとつのっている。

「おじょうさまが、つくられたいなりずしです。いただいた油揚《あぶらあ》げでつくりました。おめしあがりください。お口に合いましたら、うれしゅうございます。」

いかにも、おぼえさせられたことをそのまま言っているといった感じが妙《みょう》におかしく、清七《せいしち》は笑《わら》いをかみころしながら、包みをあけた。いなりずしは四つあり、どれもみごとな黄金色《こがねいろ》。甘《あま》い、いいにおいがする。

「いただいちまっていいのかな？」

「どうぞ、おめしあがりください。お口に合いましたら、うれしゅうございます。」

清七《せいしち》は、ひとつ口に入れた。清七のつくった油揚《あぶらあ》げなので、豆腐《とうふ》の身《み》が厚《あつ》いのだが、そこに甘《あま》い煮汁《にじる》がしっかりしみていて、歯《は》ごたえもあり格別《かくべつ》である。

横から手をだし、口に入れた与平《よへい》も、

「うーん、こんなうまいいなりずしは食《く》ったことがないなあ。」

と、早くもふたつ目に手をだそうとしている。

清七《せいしち》は、手にしたいなりずしを見つめていた。

このいなりずしは、どこかで食べたことがある。与平《よへい》さんに助けられるよりずっとまえ、どこかで……。

清七は思いきって、女の子にきりだした。

「おじょうちゃん、おれをおぎんさまに会わせてくれねえか？」

女の子のつり目が、めいっぱいひろがった。

「おじょうさまの言ったとおりになった！」

「なにがだい？」

「にいさんがいなりずし食べたら、もしかしたら、おじょうさまに会いたいって言いだすかもしれないって。そのときは、すぐおつれしろって。」


女の子は、まえに言っていたとおり足がはやく、清七《せいしち》は追いつくのがやっとだ。

「なんでそんなに急《いそ》ぐんだい。きょうはまだ日が高いよ。帰り道が暗かろうが、おれは平気《へいき》だから、もうちょっとゆっくり歩かねえか？」

息《いき》をきらせる清七《せいしち》に、女の子はうしろも見ずに答える。

「日が沈《しず》まぬうちにおつれするようにって。おじょうさまの言いつけなの。」

「ずいぶん、わがままなおじょうさまだなあ。」

女の子はきゅうに足をとめて、ふりかえった。つり目が、いっそうにつりあがっている。

「おじょうさまをわるく言わないで。おじょうさま、にいさんがつくるみたいな油揚《あぶらあ》げ、さがして、さがして、さがして、さがしまわって、とうとう体《からだ》こわしちゃったんだ。だからお屋敷《やしき》から、出られないんだ。」

ふたたび走りだす女の子をあわてて追いながら、清七《せいしち》は頭の中を整理《せいり》しようとした。

おぎんさまって人は、おれとおなじ草冠《くさかんむり》が編《あ》める。

おぎんさまがつくったいなりずしを、おれは食べたことがある。

おぎんさまは、おれがつくった油揚《あぶらあ》げを、寝《ね》こむまでさがしていた。

おぎんさまが、どうして清七の油揚げをさがしていたのかはわからない。しかし、おぎんさまが、与平《よへい》に助けられるまえの自分を知っていることは、たしかな気がしてくるのである。

清七《せいしち》の足も、しぜんとはやまった。

お屋敷町《やしきまち》をぬけて、お城《しろ》の堀《ほり》をまわって、下市《しもいち》を通って、宗右衛門町《そえもんちょう》にはいる。女の子は足をとめない。宗右衛門町をぬけて、龍田良川《たったらがわ》に出た。ようやくたどりついたお屋敷《やしき》は、龍田良橋《たったらばし》を渡《わた》った、古呂田山《ころたやま》のふもとに近い場所だった。そのお屋敷はかなり古そうではあったが、手入れはゆきとどいているようだ。高い塀《へい》にかこまれ、その塀は裏《うら》の山の中までつづいている。

女の子が、門の前で叫《さけ》んだ。

「おこんです。ただいまもどりましたあ。」

この子はおこんというのか。内側《うちがわ》から、木戸《きど》があく。小枝《こえだ》をたばねたみたいな老人《ろうじん》が立っている。よく木戸をあける力があったものだ。使用人《しようにん》にしては、小豆色《あずきいろ》の羽織《はおり》袴《はかま》が不釣《ふつ》りあいに見えた。

老人《ろうじん》は、清七《せいしち》の顔をうたがわしげに見ながら、おこんにたずねた。

「こちらのかたが、あの草冠《くさかんむり》と油揚《あぶらあ》げを？」

おこんは、うれしそうに言った。

「そうだよ。おじょうさまのいなりずし食べたら、おじょうさまに会いたいって。」

生まれつきかと思われた老人の眉間《みけん》のしわが、きゅうに消《き》えた。

「そうですか。思いだされましたか？」

「いえ、なんのことでしょうか？　あなたはわたしを知っているのですか？」

老人の眉間《みけん》に、さっきより深いしわがきざまれる。老人は、残念《ざんねん》そうに「わかりません」とだけ言うと、清七を屋敷《やしき》の中へと案内《あんない》した。

いくつもの部屋《へや》を通りぬけ、永遠《えいえん》につづくかと思われる廊下《ろうか》を歩く。外から見たよりも、ずっと広い屋敷《やしき》だった。

「ひめさま、おこんがもどりました。お客人《きゃくじん》もごいっしょです。」

ふすまの外から、老人《ろうじん》が声をかけると、部屋《へや》の中から、花がゆれるような、かぼそい声が返ってきた。

「おはいりなさいませ。」

部屋の中には、桜《さくら》の小紋《こもん》を着た女の人がすわっていた。手には、清七《せいしち》がおこんにわたしたレンゲの草冠《くさかんむり》を持っている。

「清七《せいしち》さまですね。ぎんと申します。おこんがご無礼《ぶれい》いたしましたうえ、勝手《かって》を申しあげましたこと、おわびいたします。」

おぎんは、深く頭をさげたあと、まっすぐに清七を見すえた。年のころは、清七とおなじぐらいだろうか。もともとなのか、具合《ぐあい》がすぐれないからなのか、色がすきとおるように白い。ややつりぎみの目は、おこんによく似《に》ている。ただ、その瞳《ひとみ》はかすかにふるえており、障子《しょうじ》をとおしてはいる西陽《にしび》のなか、なにかをさがすかのように懸《けん》命《めい》に清七《せいしち》を見つめていた。

やがて、おぎんは、知らずに前かがみになっていた体《からだ》をもとにもどし、あごを引くと、心を決めたかのように聞いた。

「わたくしのいなりずしをめしあがって、なにか思いだされましたか？」

「たしかに食べたことのある味《あじ》だとは思いましたが、どこでいつ食べたかは、さっぱり。」

「そうでしたか。」

おぎんは、目をふせた。

「おぎんさん、わたしは三年まえに紺屋町《こんやちょう》の豆腐屋《とうふや》の与平《よへい》さんに拾《ひろ》われました。それよりまえの覚《おぼ》えがなにひとつありません。あなたは、わたしを知っているのではありませんか？」

清七《せいしち》は、おぎんの目をもういちど見たい一心《いっしん》で、つい声を荒《あら》らげてしまったことを後悔《こうかい》した。

清七《せいしち》のとなりにすわっているおこんが、おぎんと清七の顔をきょろきょろとかわりばんこに見ている。

やがておぎんは顔をあげた。その瞳《ひとみ》は、もうふるえてはいなかった。

そして、大きく息《いき》を吸《す》うと、しずかに言った。

「わからないのです。わたくしのさがしている人が、わたくしが知っている人が、あなたなのかが。」

清七《せいしち》には、おぎんが言っていることの意味《いみ》がわからない。自分がさがしている人が、わからないなんて？

とまどう清七におぎんは、手にしていた草冠《くさかんむり》を差《さ》しだした。

「清七さん、これはあなたさまがつくられたのですね？」

「はい。」

「これのつくり方を、どちらでおぼえられたのですか？」

清七は、あの思い出のことを、拾《ひろ》われるまえのたったひとつの思い出のことを話しはじめた。小さな祠《ほこら》のこと、桜吹雪《さくらふぶき》のこと、桜とハコベの花模様《はなもよう》の着物のこと、祝《しゅう》言《げん》のまねごとのこと、紗《しゃ》の衣《ころも》をかぶった女の子のこと、そして草冠《くさかんむり》のこと……。

清七《せいしち》は、とにかく話をやめてはいけないと思い、夢中《むちゅう》になって話しつづけた。

なぜなら、清七の話を聞くにつれ、おぎんの目から、涙《なみだ》があとからあとからあふれてきたのである。

おこんも、さらにいそがしくふたりの顔を見くらべている。くわえて、西陽《にしび》でだいだい色に染《そ》まりはじめた障子《しょうじ》を見たりで、落ちつかない。

清七《せいしち》が話しおえるのを待たず、おこんは立ちあがった。

「にいさん、みて、みて、見ておくれよ！」

そして障子《しょうじ》にかけより、両《りょう》の手で思いきりあけはなった。

西陽《にしび》が清七の目にささる。おもわずとじた目をふたたびあけたとき、障子のむこうがうっすらと見えてきた。

その小さな中庭《なかにわ》には、あの小さな祠《ほこら》があった。いちめんに、レンゲとハコベが咲《さ》いている。りっぱな桜《さくら》がある。そして、あの日とおなじ桜吹雪《さくらふぶき》。

そこには、あの場所があったのだ。

ああ、そうだ、おれ、いや、わたしは、ここで、あの日、祝言《しゅうげん》を……。

清七《せいしち》の頭の中に、つぎつぎとあの日の思い出が、よみがえってくる。紗《しゃ》の布《ぬの》の下の花嫁《はなよめ》の顔も思いだした。

そうだ、わたしは……わたしは、化《ば》けていたんだ。

清七はひたいに手をあてた。そこには、一枚《まい》の葉《は》っぱがついていた。

はがした葉っぱは、清七の手の中でとたんに枯《か》れて、ちりになって消《き》えた。すぐさま、その清七の手は、黄金色《こがねいろ》の毛《け》におおわれたキツネの手になった。

「やっと思いだしてくれたのですね。」

おぎんの声にふりむくと、そこにはまっ白なキツネが、草冠《くさかんむり》を手にして立っている。

清七《せいしち》だったキツネは、言った。

「わたしは、いったいどうしていたのだろう?」

キツネの姿《すがた》になったおぎんは、涙《なみだ》をためながら、

「祝言《しゅうげん》から七日目の朝でした。あなたさまは、大神《おおがみ》さまにお供《そな》えするといって、雨のなか、油揚《あぶらあ》げの材料《ざいりょう》を買いに町へ出ました。そして、それっきり帰ってきませんでし

た。きっと、あなたは人間に化《ば》けたあと、なにかのひょうしに、ご自分が化けていることを忘《わす》れてしまったのです。」

「そうだったのか……。」

「あの日は、まえの日から降《ふ》りつづいた大雨のせいで、龍田良川《たつたらがわ》があふれた日です。町は大さわぎでした。さがそうにも、どこのだれに化《ば》けたのかが、わからず。流されて死んでしまったのか、あるいは、キツネにもどったけれど、この子の親みたいに、猟師《りょうし》に撃《う》たれてしまったのではないかとも思いました。」

おぎんは、いつのまにか栗毛色《くりげいろ》の子ギツネの姿《すがた》になったおこんを抱《だ》きよせた。

キツネのおこんも、泣《な》いている。

「そうだ、わたしは、あの日、川を渡《わた》れず……橋《はし》を渡るために町人《ちょうにん》に化《ば》けたんだ。龍《たっ》田良橋《たらばし》を渡っているとき……きゅうに橋が……そして、川に……。」

「手がかりは、あなたさまがお得意《とくい》だった油揚《あぶらあ》げづくり。よく、ふたりでいなりずしをつくっては、お供《そな》えしましたよね。生きていれば、あの油揚げを、きっとどこかでつくっているはずだと、わたしはながいあいだ、ほうぼうをさがしました。」

清七《せいしち》の中で、つぎからつぎへとおぎんとの日々《ひび》がよみがえる。

「おこんが届《とど》けてくれた草冠《くさかんむり》を見たとたん、わたしはすぐにわかりました。

けれど、化《ば》けたご本人《ほんにん》が、化けていることを思いださないことには、もとのお姿《すがた》にはもどることができません。この庭を見て、思いだしてくれたのですね。ここにおつれしたかいがありました。」

「わたしは、いったいどのくらい……。」

「とても……とても、なごうございました……でも、もう、いいのです……。」

清七《せいしち》は、おぎんを抱《だ》きよせた。

清七は、泣《な》きじゃくるおぎんの手から草冠《くさかんむり》をとると、しずかに強く言った。

「すまなかった……。」

「もうどこへも行かぬ。どこへも行かぬぞ。」

そして、うつむくおぎんの頭に、その草冠をそっとのせた。

三の巻

おはるの絵《え》の具《ぐ》

日小見市立博物館《ひおみしりつはくぶつかん》は小さな博物館だが、重要文化財《じゅうようぶんかざい》や、有名《ゆうめい》な美術品《びじゅつひん》や工芸品《こうげいひん》が多く展示《てんじ》されている。「どうしてこんなすごい作品《さくひん》が、こんな小さな町の博物館に?」と、来た人は、たいていおどろいて帰ることになる。

それは、日小見藩《ひおみはん》が代々《だいだい》、学問《がくもん》や芸術《げいじゅつ》をたいへんに重《おも》んじたからだ。

とくに六代目藩主忠明公《はんしゅただあきこう》は、学問や芸術をさかんにすることは、新田《しんでん》を拓《ひら》くのとおなじぐらいに藩《はん》に益《えき》をもたらすと言い、若《わか》い才能《さいのう》を見いだし、育《そだ》てることを進めた。身分《みぶん》にかかわらず、だれもが学《まな》べる藩校《はんこう》をひらいたり、いまでいう展覧会《てんらんかい》のような催《もよお》しをひらいて、だれもが芸術を楽しめるようにしたという記録《きろく》もある。

そのため、当時《とうじ》、江戸《えど》で活躍《かつやく》した学者《がくしゃ》や作家《さっか》、画家《がか》のなかには、日小見の出身者《しゅっしんしゃ》が意外《いがい》と多いのだ。水墨画家《すいぼくがか》として有名《ゆうめい》な、岡浦探斎《おかうらたんさい》もそのひとりである。

「おにいさん、じょうずだね。」

エゴノキの下、矢立《やた》て（墨壺《すみつぼ》付きの筆入《ふでい》れ）をしまいかけた新吉《しんきち》がふりむくと、そこにはすこし年下《としした》ぐらいの女の子が立っていた。

こんな野原のまん中で、いったいどこからあらわれたのだろう？

いつのまにやら、女の子はぱらぱらと新吉の画帖《がちょう》をめくっている。

「おい、勝手《かって》に見るな。」

新吉《しんきち》は立ちあがって、画帖《がちょう》を取りあげようとしたのだが、ふわりとかわされてしまった。

なんて、すばしっこい！

「うまい、うまい、ほんとにうまい！」

女の子はひらひらまわりながら、画帖《がちょう》をめくっている。新吉も自分はそこそこすばしっこいほうだと思っていたので、年下の女の子をつかまえられないなど信じられな

かった。

女の子がまわると、まわりの野原の花々《はなばな》もつられて踊《おど》るようにゆれている。

あきらめて新吉《しんきち》は、ひざに手をあて頭をさげた。

「たのむよ、返してくれ。だいじなものなんだ。」

「だいじなの？」

ようやく、女の子は動きをとめて、新吉を大きな目で穴《あな》のあくほど見つめた。その瞳《ひとみ》には、まわりの野原が映《うつ》りこんでいる。小さな花束《はなたば》のようだ。

「そうさ、だいじさ。それをもとに絵をかくんだ。先生にも見せる約束《やくそく》をしているのだから、くしゃくしゃにされてはこまる。」

「へえ、そうなんだあ。」

女の子はまた、画帖《がちょう》をぱらぱらとめくりながら言った。

「でもね。この絵、色がないよ。」

新吉《しんきち》は、かっとして答えた。

「そりゃあそうさ。写生《しゃせい》はこの矢立《やた》ての墨《すみ》と筆《ふで》でかく。色をつけるのは畳《たたみ》の上でかくときさ。たくさんの絵《え》の具《ぐ》やら、にかわ（絵の具の粉《こな》を溶《と》くのに使う材料《ざいりょう》）を、外に持ちだせるもんか。だいたい、高いものだし、先生が許《ゆる》してくれるわけがない。」

口にしてみて新吉《しんきち》は、あらためて、あとの理由《りゆう》のほうが大きいことを感じていた。

青物問屋《あおものどんや》の三男《さんなん》として生まれた新吉は、今年で十四。

幼《おさな》いころから絵をよくし、もと日小見藩《ひおみはん》の御用絵師《ごようえし》である岡浦春斎《おかうらしゅんさい》のもとで、絵の手ほどきを受けていた。

数年まえ、実家《じっか》の家業《かぎょう》があやうくなり、絵の勉強をつづけられそうになくなったとき、新吉の才能《さいのう》をおしんだ春斎《しゅんさい》のはからいで、住みこみで絵の修業《しゅぎょう》をさせてもらうことになったのである。

しかし、一時《いちじ》は日小見藩《ひおみはん》の御用絵師《ごようえし》として腕《うで》をふるっていた春斎《しゅんさい》だが、七十歳《さい》をこえて、御用絵師の座《ざ》も江戸《えど》から来た絵師に明《あ》けわたし、いまでは絵《え》の具代《ぐだい》にもことかく始末《しまつ》。

「墨一色《すみひといろ》でも、絵に色を染《そ》めることはいくらでもできる。」

と春斎は言う。しかし、色あざやかな、むかしの春斎の絵を知る新吉には、カラ元気にしか聞こえない。

師匠《ししょう》さえ絵《え》の具《ぐ》を使うのに不自由《ふじゆう》しているのに、どうして弟子《でし》の、おまけに居候《いそうろう》の新吉《しんきち》に絵の具が使えるだろう。

ああ、絵の具を思いっきり使ってみたい。

この色あざやかな春の花野《はなの》をかいてみたい。

ちょうど、そう思いながら写生《しゃせい》をしていた新吉だ。女の子に「どうして色がないの？」と聞かれて、おもわず声を荒《あら》らげてしまったのだった。

「ふーん、そうなんだ。」

言いすぎたかと思った新吉《しんきち》だったが、感心《かんしん》したように答える女の子を見て、いくぶんほっとした。

女の子は、まだ熱心《ねっしん》に画帖《がちょう》を見ている。

見た目は新吉より一つか二つ下ぐらいだったが、笑《わら》い顔《がお》や、しゃべるようすはまるで六つか七つの子どものよう。変わったやつだなと思ったが、新吉は、女の子が自分の絵をこんなに熱心に見てくれることが、しだいにうれしくなっていた。

女の子の画帖《がちょう》をめくる手が、はたととまった。女の子は、いままで以上に熱心《ねっしん》にその絵を見ている。

「それかい？　さっき、見たこともないきれいなチョウがいてね。虹《にじ》みたいな羽《はね》の色でおどろいたよ。たしかにその絵なんかは、絵《え》の具《ぐ》があったほうがいいかもしれないな。」

女の子は画帖《がちょう》をとじると、新吉《しんきち》に差《さ》しだした。

「ねえ、あたし、絵の具をここに持ってきてあげる。」

新吉は、あきれたように答えた。

「おまえが？　絵の具を？　そりゃあ無理《むり》だよ。」

女の子は、むきになって、

「無理じゃないって。ほんとのほんとの花の色や草の色の絵の具を持ってきてあげる。そのかわり、あたしをかいてくれない？」

と言うと、すこし照《て》れたようにうつむいた。

「わかった、わかった。じゃあ、あしたもここに写生《しゃせい》にくるから、そのとき持ってきておくれよ。」

「だめだめ、あしたは雨が降《ふ》るから。あさってにしようよ。あたし、雨苦手《にがて》なの。」

新吉《しんきち》は、おおげさにおどろいたふりをして言った。

「おやおや、あしたの天気がわかるのかい？　たいしたもんだ。ま、たしかに雨のなか、絵はかけないしね。」

「じゃあ、あしたのあした、ここでね。」

ふりかえって走りだそうとする女の子に、新吉はたずねた。

「おれは新吉。宗右衛門町《そえもんちょう》に住んでいる。おまえの名前は？」

女の子は、しばらく考えて答えた。

「おはる。」

もう、空には桃色《ももいろ》の夕焼《ゆうや》けがひろがっていた。

おはるが言ったとおりになった。翌日《よくじつ》は朝から雨が降《ふ》ったのである。

「ひょっとしたら、あの子、ほんとうに絵《え》の具《ぐ》を用意《ようい》してくるのかもしれない。」

じつは、春斎《しゅんさい》のお使いごとも多く、なにかといそがしい新吉《しんきち》は、ありえない約束《やくそく》のためにに野原へ行くのをためらっていたのだ。

新吉は、あしたの仕事《しごと》を、きょうのうちにかたづけることにした。


新吉《しんきち》は朝早くから、あの野原へ出かけた。

紙と絵筆《えふで》、にかわと絵皿《えざら》。念《ねん》のため下じきにする畳半分《たたみはんぶん》ほどの板《いた》まで持って。

「ちと早すぎたか？」

そんな新吉の不安《ふあん》をよそに、おはるは、おとといの場所で手をふっていた。

「絵《え》の具《ぐ》、持ってきたよお。」

新吉はおどろいた。

おはるの前には、見たこともないような、あざやかな十色の絵の具の粉《こな》が、葉《は》っぱのお皿《さら》にのせられてならんでいたのだ。

タンポポの黄色、スミレのむらさき、ケシの赤、ツユクサの青、新芽《しんめ》の緑《みどり》など、野原の草花《くさばな》の色はもちろん、春霞《はるがすみ》の色や、小川《おがわ》の水の色など、名前のない色まである。

新吉《しんきち》が、なによりおどろいたのは、その色のどれもが、目の前の色をそのまま絞《しぼ》りだしたかのような、花、草そのままの色だったことだ。

「この絵《え》の具《ぐ》は、いったい？　岩絵《いわえ》の具《ぐ》でもないようだが。」

「いいから、いいから、とにかくなにかかいてみて。」

おはるは、ほんとうにうれしそうに新吉の背中《せなか》を押《お》した。

こんなにきれいで、不思議《ふしぎ》な絵の具があっただろうか。

黄色でタンポポをかければ、まるでそのままに。むらさき色でスミレをかけば、そのスミレそのままに。色どうしを混《ま》ぜあわせれば、かぎりのない春の色ができる。

その絵の具であれば、目の前にあるすばらしい春の風景《ふうけい》を、見たままの色でかけるのだ。

どんな絵の具にだって、これだけの色はだせやしない。

かった。
新吉《しんきち》は、絵《え》の具《ぐ》の出《で》どころをいくどとなく聞いたのだが、おはるははっきり言わな
「いろんな友だちがくれるんだよ。」
というのが、おはるの答えである。
新吉は夢中《むちゅう》でかきつづけた。花、草、木、虫《むし》たち、鳥など、目に見える自然《しぜん》をか
たっぱしから。新吉のかたわらでおはるは、つぎつぎにかきあがる絵をうれしそうに
見つめている。
「うまい、うまい、本物《ほんもの》みたい!」
できあがる絵を手にとっては、はしゃぐおはるを見て、新吉の筆《ふで》もさらに進んだ。
日がかたむきはじめ、おとといのように空が桃色《ももいろ》に染《そ》まりはじめたころ、ようやく
新吉の筆がとまった。
絵《え》の具《ぐ》がなくなったのだ。持ってきた紙はもちろん、画帖《がちょう》もすべて、きょうかいた
絵で埋《う》めつくされている。
いつからだろうか、おはるは新吉のとなりで眠《ねむ》っていた。

「おれもずいぶんかいたもんだが、この子もあきずに、ずっと見ていたもんなあ。」

新吉《しんきち》は、おはるをそっとゆすって起こした。

「なあに？　あたしをかいてくれるの？」

おはるは、まだねぼけている。

「いやいや、まだだ。やっとおまえがくれた絵《え》の具《ぐ》の使い方がわかってきたところだ。もうすこし練習《れんしゅう》させてくれないか？　なにしろ絵の具を使うのはひさしぶりなんだよ。そうだ、あしたも、きょうみたいに絵の具を用意《ようい》できるかい？」

おはるは、すこし考えると答えた。

「そう。わかったよ。あしたもここでね。練習終わったら、かならずかいてね。早くしないと、花がみんな終わっちゃうから。」


毎日、新吉《しんきち》は野原でかきつづけた。

おはるは、毎日ちがう絵《え》の具《ぐ》を持ってくる。そのときいちばん盛《さか》りの花の色がくわわった。メジロの羽《はね》の色や、野ウサギの子どものやわらかな毛《け》の色も。

五日目の夕暮《ゆうぐ》れ、新吉《しんきち》はおはるに言った。

「そろそろ、おまえをかいてやるよ。」

桃色《ももいろ》の夕日に照《て》らされたおはるの顔が、さらにかがやいた。

「ほんと、いつから?」

「あしたからさ。」

「そしたら、あたし、がんばって、ありったけの絵《え》の具《ぐ》を用意《ようい》するね。急《いそ》がないと花が終わっちゃうもん。」

よろこびはしゃぐおはるは、はじめて会ったときよりも、いくぶん大きくなっているように見えた。

心配《しんぱい》だったのは、紙をどうするかということだったが、ここは正面《しょうめん》から春斎《しゅんさい》に頼《たの》むことにした。

そもそも新吉《しんきち》は、かいた絵を春斎《しゅんさい》にいつか見てもらいたいと思っていたのだが、見せれば当然《とうぜん》、絵の具の出《で》どころを問《と》われるだろう。しかし、いつまでもかくせる話ではない。

その晩《ばん》、新吉《しんきち》は春斎《しゅんさい》に、おはるの絵《え》の具《ぐ》のことを話すことにした。

じつのところ、新吉は、春斎がその絵の具をほしがるのではないかと心配《しんぱい》していたのだが、春斎の反応《はんのう》は意外《いがい》なものだった。

ここ数日《すうじつ》でかいた新吉の絵を手にした春斎《しゅんさい》は、最初はおどろいたようすだったが、そのあと目をほそめ、

「新吉、いい機会《きかい》を得《え》たな。ただ、このさき、どんな絵の具を使おうとも、この色をだせるようにならなければならない。いまはその絵の具の使い方より、この色をおぼえるのだよ。」

と言い、とっておきの上等《じょうとう》の大紙《おおがみ》をくれたのだった。


さっそく新吉《しんきち》は、おはるの絵をかきはじめた。

けさのおはるは、いつも以上にたくさんの絵《え》の具《ぐ》を竹筒《たけづつ》に入れて用意《ようい》している。

「朝から絵の具を集めてたら、疲《つか》れちゃった。」

おはるは、うれしそうに目をこすった。

「おはる、すまぬがそこで、そのままじっとしていてくれ。」

「はい。」

新吉《しんきち》がかいているあいだ、おはるは、ほんのすこしほほえみながら、ややうつむきかげんに目をつむり、じっとして立っていた。

そのようすは、ほんとうに息《いき》をしているのか心配《しんぱい》になるほどだ。おはるは、まるで人形《にんぎょう》のように動かない。まわりの草木《くさき》、いや野原全体も、おはるにあわせるかのようにしずかに動きをとめた。

はたと気づくと、もうお日さまは、てっぺんを過《す》ぎている。新吉は、にぎり飯《めし》を取りだし、おはるに休むようすすめた。しかし、おはるはじっと動かない。

だいじょうぶだろうか？

新吉がもういちど、声をかけようとしたときだ。

二匹《ひき》のチョウが、おはるの頭と肩《かた》にとまった。それは、いつかの虹色《にじいろ》のチョウ。

新吉は、にぎり飯を投げだし、いそいで筆《ふで》をとると、夢中《むちゅう》でかきはじめた。

不思議《ふしぎ》なことに二匹《ひき》のチョウは、夕焼《ゆうや》けが野原を桃色《ももいろ》に染《そ》めるまで、おはるといっしょにじっとしていたのだった。

二匹のチョウが、申しあわせたかのように飛びたつと、おはるがゆっくりと目をあけ、顔をあげた。

「できた？」

新吉《しんきち》は筆《ふで》をおいた。

「あらかたね。見るかい？」

春の花でいっぱいの野原にたたずむ、おはるの絵だった。頭と肩《かた》には、ちゃんと二匹《ひき》のチョウがとまっている。

「すごい、すごい、あたしだ、あたしだ。」

おはるは、いつかのように、ひらひらまわりながらよろこんだ。

「まてまて、あらかたと言ったろ。これはまだ下絵《したえ》だ。これを大紙《おおがみ》にうつして、じっくりと畳《たたみ》の上で仕上《しあ》げなければ。」

おはるは、たちまちさみしそうな顔になる。

「それじゃあ、あしたはこないの？」

「そうだなあ、すくなくとも七日か八日はかかるかなあ。」

「そうなんだあ……。絵《え》の具《ぐ》は足《た》りそう？」

新吉《しんきち》は、目の前にある絵の具がはいった、たくさんの竹筒《たけづつ》を見て言った。

「ああ、おはるのおかげでじゅうぶんだ。できたら、いちばんに見せにくるよ。」

おはるに笑顔《えがお》がもどった。

「うん、待ってるね。約束《やくそく》だよ。」


新吉《しんきち》はその晩《ばん》から、寝《ね》る間《ま》もおしんで絵筆《えふで》をとった。

頭から昼間の風景《ふうけい》が消《き》えてしまうまえに、すこしでもかきたいという気持ちもあったが、なによりも、早くおはるに見せてやりたかったのだ。

色あざやかなおはるの絵がかきあがったのは、十四日目の朝だった。

よほど根《こん》をつめたのだろう。絵をかきあげた新吉は、そのあと二日間も眠《ねむ》りつづけた。ようやく起きた朝は雨が降《ふ》っており、絵を野原に持っていくことができなかった。梅雨《つゆ》にはまだ早かったが、雨はなかなかやまず、何日もぐずぐずと降《ふ》りつづいていた。やっと雨がやんでも、こんどは、お使いごとがいそがしい。体《からだ》があく日は、できるだけ野原へ行くのだが、あいにく、そういう日にかぎって雨が降る。

「きょうもいなかったな……。」

その日も朝から小雨《こさめ》もよう。期待《きたい》はしていなかったが、やはり、おはるはあらわれなかった。新吉《しんきち》は、肩《かた》を落として帰ってきた。傘《かさ》をとじ、土間《どま》を見ると、りっぱな草《ぞう》履《り》が二足《そく》。

客人《きゃくじん》とはめずらしい。

そう思いながら障子《しょうじ》をあけると、春斎《しゅんさい》と侍《さむらい》ふたりがすわっていた。新吉のあの絵をかこんでいる。

「ちょうどよかった。この者が、新吉でございます。」

春斎《しゅんさい》が紹介《しょうかい》すると、奥《おく》にすわった年配《ねんぱい》の侍《さむらい》が新吉のほうに向《む》きをなおし、能役者《のうやくしゃ》のようなよくとおる声で言った。

「拙者《せっしゃ》は日小見《ひおみ》藩《はん》家老職《かろうしょく》、飯山《いいやま》と申す。この絵をかいたのはそちとのことだが、なかなかのものよの。」

家老《かろう》と聞いて新吉《しんきち》は、おもわず伏《ふ》して頭をさげた。あまりにあわてて、ひたいを敷《しき》居《い》にぶつけて音がでたことにも気づかない。

「あ、あ、ありがとうございます。」

このようすに飯山《いいやま》は、笑《わら》いながら話をつづけた。

「くるしゅうない。らくにせい。きょうは、いい話を持ってきたのだ。」

飯山の話は、こうだ。

先の家老遠田《かろうとおだ》が、江戸《えど》からつれてきた御用絵師《ごようえし》はなにぶん素行《そこう》がわるく、絵も忠明《ただあき》公《こう》のお気にめさなかったことから、この春、江戸へ帰されたとのこと。

つぎの御用絵師は、忠明公のお考えで、日小見《ひおみ》生まれで才能《さいのう》のありそうな若者《わかもの》を選《えら》び、江戸で勉強をさせて育《そだ》てあげようということになったそうだ。

飯山《いいやま》の相談《そうだん》をうけた春斎《しゅんさい》は、まよわず新吉の名をだしたのである。

飯山は、あいかわらず能役者《のうやくしゃ》のような声で、

「この絵は、申しぶんない出来《でき》だ。これほど、春の野原の光や息吹《いぶ》きを感じさせる花《か》鳥図《ちょうず》は見たことがない。くわえて、この童女《どうじょ》のやさしげで、はかなげな表情《ひょうじょう》など、心やさしい忠明公《ただあきこう》のお胸《むね》に、さぞひびくことだろう。」

と、笑《わら》った。

新吉《しんきち》は、ますますひたいを畳《たたみ》にすりつけた。

「おほめいただき、言葉《ことば》もございません。」

ほんとうに言葉がない。あまりのことに、文字《もじ》どおり頭の中がまっ白になっていたのだから。

「この絵はあずからせてもらってよいな？ 忠明公《ただあきこう》にお見せしたい。」

「え？」

顔をあげた新吉は、口ごもってしまった。いちばんに、おはるに見せる約束《やくそく》なのだから。

そのようすを見て、春斎《しゅんさい》が言った。

「よいな、新吉。」

新吉《しんきち》は、ゆっくりうなずいた。

そんな新吉におかまいなしに、飯山《いいやま》の役者声《やくしゃごえ》がつづける。

「しかしな、この絵一枚《まい》だけで、忠明公《ただあきこう》にそなたをおすすめするわけにはまいらん。つづけてもう一枚、この大きさの絵を、急《いそ》ぎかいてはもらえんか？」

「急ぎと申しますと？」

「そうよのお、ひと月待つとしよう。」


その日からさっそく新吉《しんきち》は絵筆《えふで》をとった。

おはるの絵《え》の具《ぐ》は使いきっていたが、そのかわり春斎《しゅんさい》が、とっておきの絵の具をだしてくれたのだ。

新吉は、かきためた画帖《がちょう》をもとに、得意《とくい》の花鳥図《かちょうず》にとりくんだ。

季節《きせつ》にあわせ、しずかに降《ふ》る雨のなか、ぬれた葉《は》かげにひっそりと身《み》をよせる二匹《ひき》のチョウ。まじめに写生《しゃせい》をつづけてきた新吉にとっては、得意《とくい》な画題《がだい》のはずだ。

しかし、新吉はその出来《でき》に満足《まんぞく》がいかない。

「おはるの絵《え》の具《ぐ》があれば……。」

約束《やくそく》の日まであと十日というところで、新吉《しんきち》は筆《ふで》をおいた。


ようやく、青空がひろがった。

ながく雲にとじこめられていた太陽が、いっそうにかがやきを増《ま》して、新吉《しんきち》が走る道をまぶしく浮《う》かびあがらせている。

「おはるをかきたい。おはるの絵《え》の具《ぐ》でおはるをかきたい。」

もうふた月ちかく、おはるには会っていない。

おはるは、あの野原に来てくれるだろうか？

新吉は急《いそ》ぎ、あの野原へむかった。

野原のまん中にあるエゴノキの下に、おはるのうしろ姿《すがた》を見つけたとき、新吉はおもわず子どものように叫《さけ》び、かけだした。

「おはるう、おおい、こっちだあ。」

ふりむいたおはるも、手をふっている。

「新吉《しんきち》さあん、やっと晴れたよお、やっと会えたあ。」

野原はいくぶん坂《さか》になっていたので、新吉はころがりこむように、おはるのもとにたどりついた。

おはるのあいかわらずの笑顔《えがお》がうれしかったが、しばらく会わないうちに、ちょっと幼《おさな》さがぬけたように思える。

おはるの前には、たくさんの絵《え》の具《ぐ》がならんでいた。その色はさまざまで、何種類《なんしゅるい》もの緑色《みどりいろ》、ぬけるような空の青、数は少ないけれど野花《のばな》の赤や黄もある。

「待ってたんだよう。いつ来てもいいように、たくさん集めておいたの。でも、夏は色が少なくて……。ごめんね。」

あざやかにならんだ絵の具と、うれしそうに話すおはるを見て、新吉《しんきち》も胸《むね》がたかなった。

「わたしの絵は、持ってきてくれた?」

絵が新吉の手もとにないことにがっかりしたおはるだったが、新吉の話を聞くにつれ、顔が明るくなった。

「それじゃあ、わたしの絵、殿《との》さまのところにあるのね。新吉《しんきち》さん、えらい絵の先生になれるかもしれないんだね。」

「そうさ、だからお願《ねが》いだ。もういちど、おはるの絵をかかせてくれないか？」

「うん、わたし、がんばって絵《え》の具《ぐ》たくさん用意《ようい》するね。でもね、わたし、まえみたいに一日じゅうはここにいられない。これからどんどん暑《あつ》くなるでしょ？　わたし、暑さにはほんと弱《よわ》いんだ。」

たしかにそういうおはるは、春に会ったときよりも元気がない。

「わかった、かく時間をみじかくしよう。な。」

新吉《しんきち》は、昼前の涼《すず》しい時間におはるをかき、午後は、まわりの草木《くさき》をかくことにした。

やはりおはるは、新吉がかいているあいだは、まえのとおりに人形《にんぎょう》のように動かない。午後は木《こ》かげでずうっと眠《ねむ》っていた。

新吉がかきはじめると、このまえのようにあのチョウが、じっとしているおはるの肩《かた》にとまった。

しかし、きょうは一匹《ぴき》だけ。羽《はね》の色も、このまえのようなあざやかさはない。チョウは、おはるが眠《ねむ》っているときも、その肩《かた》にとまり、じっと動かなかった。

四日目の夕暮《ゆうぐ》れ、新吉《しんきち》はおはるを起こした。

「おはる、できたぞ。」

おはるは、目をこすりながら、絵を見ている。

「これ、あたし？」

新しい絵は、まえの絵とおなじに、野原に立つおはるがかかれていた。ただ、まわりの野原は夏草《なつくさ》におおわれ、空には入道雲《にゅうどうぐも》がわきたっている。葉《は》かげにたたずむおはるの表情《ひょうじょう》は、春のときよりもだいぶ大人《おとな》びていた。

「これからまた、仕上《しあ》げだ。約束《やくそく》の日まで、あと六日はある。このまえみたいに寝《ね》ずにかけば、まにあいそうだ。」

「よかったね。がんばってね。」

毎日の絵《え》の具《ぐ》の用意《ようい》や、絵のためにながい時間じっとしていることがこたえているのだろうか、おはるの声には力がない。

おはるを元気づけるように、新吉《しんきち》は言った。

「こんどこそ、いちばんにおはるに見せてやるからな。」

しかし、おはるは力なく笑《わら》って答えた。

「ありがとうね。でもね、わたし、涼《すず》しくなるまでここにはこられないかなあ。なにしろ、ほんとに暑《あつ》さには弱《よわ》いの。十五夜《じゅうごや》ぐらいに、また会えたらいいなあ。」

おはるは、自分の手のひらをじっと見つめている。

手のひらには、あの虹色《にじいろ》のチョウが、しずかに動かずにとまっていた。

約束《やくそく》の日の朝、新吉《しんきち》は春斎《しゅんさい》といっしょに、飯山《いいやま》の屋敷《やしき》へ仕上《しあ》がった夏の絵を持っていった。

飯山は絵の出来《でき》をたいへん気にいり、すぐにでも忠明公《ただあきこう》に見せ、御用絵師候補《ごようえしこうほ》としてすすめることを約束してくれた。

たいへんだったのはそのあとだ。

新吉の絵を持って登城《とじょう》した飯山の話によると、各方面《かくほうめん》から集められた絵師《えし》は、新吉をいれて四人。新吉《しんきち》はいちばん年が若《わか》く、絵の腕《うで》も未熟《みじゅく》であることから、選《えら》ばれるのはむずかしいかもしれないとのことだった。

しかしながら、今回《こんかい》は絵師《えし》を育《そだ》てるという目的《もくてき》であることから、新吉をすすめる声もあること、そして、忠明公《ただあきこう》が新吉とおない年《どし》であるということで、新吉に興味《きょうみ》をもっているという話もあり、まだまだわからないという。

飯山《いいやま》のすすめで、翌日《よくじつ》から春斎《しゅんさい》と新吉は、絵師選《えしえら》びにかかわる者のもとを、画帖《がちょう》と絵筆《えふで》を持ってまわりはじめた。

新吉の絵の魅力《みりょく》のひとつに、写生《しゃせい》できたえた筆運《ふではこ》びのはやさと、ていねいさがあると思っていた春斎《しゅんさい》は、目の前でかくことで、その才能《さいのう》を見せられると考えたのである。

くる日もくる日も、新吉と春斎は、かたく乾《かわ》いた道に墨《すみ》でかいたような影《かげ》を落としながら、いくつものお屋敷《やしき》をまわり、絵の腕前《うでまえ》を披露《ひろう》した。

春斎《しゅんさい》には、この暑《あつ》さのなかの屋敷まわりはそうとうにこたえていたようだが、新吉にとっては、自分の筆《ふで》さばきや、できあがった絵におどろきよろこぶ人たちの顔を見られるのが、とにかく楽しかった。

ろである。

飯山《いいやま》に呼《よ》ばれたのは、その暑《あつ》さもだいぶよわまり、朝夕の涼風《すずかぜ》に気づきはじめたこ
屋敷《やしき》をまわったかいがあったのだろうか。新吉《しんきち》が絵師《えし》候補《こうほ》として残《のこ》されたとのこと
だった。

ただし、忠明公《ただあきこう》は、新吉に特別《とくべつ》な条件《じょうけん》をだしたのだ。
それは、いままでの春、夏にくわえ、おなじ画題《がだい》で秋、冬をかくことだった。
新吉は、日々《ひび》のいそがしさに、おはるのことをひさしく忘《わす》れていた自分に気づいた。
今夜《こんや》は十五夜《じゅうごや》。澄《す》みきった青空に、ひとすじの雲が塗《ぬ》りのこしたようにたなびいて
いる。
野原には萩《はぎ》の花が咲《さ》き、やさしい風が、ひらきはじめたススキの穂《ほ》をゆらしていた。
「十五夜ぐらいには、また会える……。」
たしかにおはるは、そう言っていた。
新吉は、朝からエゴノキの下で待っていたのだが、おはるはあらわれない。

おはるが来てくれないと、おはるの絵《え》の具《ぐ》がないと、殿《との》さまに絵がだせない。

あせりが新吉《しんきち》の心に重くのしかかった。

気がつくと、西の空がまっ赤《か》に染《そ》まりはじめた。春のころのやさしいうす桃色《ももいろ》とはちがう。

どうすればいいんだ。

新吉《しんきち》があきらめかけたときだ。

古呂田山《ころたやま》のふもと、野原のはずれあたりで、なにかをさがすようにふらふらと歩く人影《ひとかげ》が見える。

おはるだ。

新吉は、おはるにむかってかけだした。

「おはるう。」

新吉の呼《よ》び声《ごえ》に、ふりむいたおはるは手をふってこたえる。

そのそぶりから、出会ったときのあどけなさは消《き》えていて、おはるはすっかり年に合った落ちついた少女になっていた。

「絵はできたの？　お殿《との》さまはお気にめされた？」

新吉《しんきち》は、すっかり大人《おとな》びたおはるに、気おくれしながら答えた。

「ああ、できたよ。たぶんおれが絵師《えし》に選《えら》ばれる。」

おはるは、心からうれしそうにほほえんだが、年相応《としそうおう》の落ちつきとはべつの疲《つか》れきったようすが見えた。

「だいじょうぶかい？　具合《ぐあい》でもわるいのか？」

おはるは、しずかに首をふった。

「ううん、だいじょうぶ。きっと、そろそろくるかと思って絵《え》の具《ぐ》を集めていたのよ。夏よりもいろいろな色があって……。集めていたら疲《つか》れてしまったの。」

おはるの腰《こし》には、絵の具がつまった竹筒《たけづつ》が何本もぶらさがっていた。

萩《はぎ》のむらさき。ホウセンカの赤。野菊《のぎく》の白、桃色《ももいろ》、黄色。ススキの穂《ほ》の淡《あわ》いうす茶《ちゃ》色《いろ》。そして、ぬけるような空色。

「紅葉《もみじ》が出てくれれば、もっとたくさん集められるんだけど……。」

おはるは、残念《ざんねん》そうに言った。

新吉《しんきち》は、おはるの手をとり、

「いいんだ、いいんだ、これでじゅうぶんさ。おれは、いま、とにかくかきたいんだ。殿《との》さまが、秋と冬のおはるの絵をかいてきたら、御用絵師《ごようえし》にしてやるって。」

「冬の絵？」

おはるの体《からだ》が、こころなしかふるえたような気がしたのだが、新吉はかまわずつづけた。

「そうなんだ。春夏秋冬すべてそろえば、屏風《びょうぶ》にしたいって。それができれば、春には江戸《えど》だ。」

おはるは、しばらくなにかを考えるように、野原を見わたしていた。

涼《すず》しい風が走り、草花《くさばな》をたなびかせ、野原にしま模様《もよう》をかいている。

おはるはきゅうに、にっこりとほほえんで言った。

「わたしもがんばって絵《え》の具《ぐ》集めるね。」

その笑顔《えがお》には、出会ったころのあどけなさがもどっていた。

新吉《しんきち》は、三《み》たび、おはるをかきはじめた。

おはるは、朝夕の冷《ひ》えこみがつらいと言い、昼間のあたたかい時間だけやってきた。まえのように、ながい時間、立っていることもできない。

それでもおはるは、たくさんの絵《え》の具《ぐ》を集めてきた。色の数《かず》からいえば、春のときよりも多いかもしれない。秋になり、さすがにあのチョウはこないけれど、赤トンボの朱色《しゅいろ》が絵にいろどりをそえた。

新吉には、いま自分がかいている絵が、いままでで、もっとも素晴《すば》らしいものになる予感《よかん》がしていた。その予感が強まるほど、新吉の筆《ふで》に力がはいる。

新吉はひとこともしゃべることなく、黙々《もくもく》とかきつづけた。


六日目の夕方、ようやく新吉《しんきち》は筆《ふで》をおいた。

「おはる、できた……。」

おはるに声をかけようとした新吉は、筆を落とした。

いつのまにかおはるは、地面に手をつき、うずくまっている。

新吉《しんきち》は、あわててかけより、おはるを抱《だ》きおこした。

「おはる、すまん、無理《むり》をさせてしまったか?」

おはるは、だいじょうぶ、と力なく笑《わら》うと絵を見たがった。

「はあ、きれい……。」

下絵《したえ》であったが、新吉は色を染《そ》めていた。

絵は、春、夏とおなじく、おはるが野原にうつむきかげんでほほえみ、立っているものだ。ただ、春の草の色よりも緑《みどり》がうすいぶん、花の色がきわだっている。

夏よりも澄《す》みきった空の色は、きびしい暑《あつ》さをのりきったすがすがしさに満《み》ちており、おはるの表情《ひょうじょう》はといえば、春夏のあどけなさのかわりに、はかなげなやさしさに満ちていた。

「この絵はいつごろ仕上《しあ》がるの?」

「あと、九日か十日かかるかな。この絵は冬の絵といっしょに持っていくつもりだ。こんどこそ、おまえにいちばんに見せてやる。」

新吉は、きっとおはるがよろこんで、またあのあどけない笑顔《えがお》を見せてくれるだろうと思ったのだが……おはるは、さびしそうに、じっと新吉《しんきち》を見て言った。

「初雪《はつゆき》が降《ふ》ったら、ここに来て。冬の絵《え》の具《ぐ》をあげるわ。きっとだいじょうぶ。今年の初雪は早いから。」

まっ赤《か》な夕焼《ゆうや》けのなか、帰っていくおはるのうしろ姿《すがた》を見ながら、新吉は自分がたいへんなまちがいをしていたことに気づいた。


「なに？　絵を返してほしいだと？」

飯山《いいやま》はおどろいて聞きかえす。

「あの絵は二枚《まい》とも、忠明公《ただあきこう》のお手もとだ。忠明公は、早く秋の絵もあわせ、三枚ならべてみたいと、楽しみにしていらっしゃるのだぞ。」

新吉《しんきち》は、さらに深く頭をさげた。

「無理《むり》を承知《しょうち》でお願《ねが》いいたします。わたしは、この絵にかかれた娘《むすめ》と約束《やくそく》をしていたのです。かならずいちばんに仕上《しあ》がった絵を見せると。

それなのに、わたしが、ことをせいたばかりに、いまだ一枚もこの娘に仕上がった絵を見せていないのです。この娘《むすめ》はいま、体《からだ》の具合《ぐあい》がわるいようです。この絵を見せられれば、どれほど励《はげ》ましになることでしょう。この絵がかけたのは、まさにこの娘のおかげです。なにとぞ、お引きあげのほどお願《ねが》いいたします。」

新吉《しんきち》のとなりで、春斎《しゅんさい》も頭をさげる。

「ご家老《かろう》さま、じきじきに足をお運びいただいたにもかかわらず、ご無礼《ぶれい》を申しあげますこと、なにとぞおゆるしください。しかし、忠明公《ただあきこう》のお手もとに上《あ》がれば、その娘《むすめ》が絵を見ることは、おそらく二度とないでしょう。わたしも若《わか》いころ、似《に》たような後悔《こうかい》をしておりますゆえ、わたしからもお願いもうしあげます。」

飯山《いいやま》は、頭をさげるふたり、そして絵にかかれたおはるの顔を交互《こうご》に見ている。

「やれやれ、忠明公《ただあきこう》の仰《おお》せで三枚目《まいめ》の絵を取りにきたはずなのに……。これではあべこべではないか。」

と言うと、深くため息《いき》をついた。

初雪《はつゆき》は、師走《しわす》にはいってすぐに降《ふ》った。

新吉《しんきち》は、明《あ》け方《がた》に降《ふ》った雪でうっすらと白くなった道を走る。ふところからはみでている、まるめた三枚《まい》の絵をかばいながら。

飯山《いいやま》から事情《じじょう》を聞いた忠明公《ただあきこう》はこころよく、絵を返してくれた。忠明公は、四枚目の冬の絵は、娘《むすめ》が元気になってからでかまわないとまで言ってくれたのである。

この絵を見れば、おはるもきっと元気をだしてくれるはずだ。

新吉は、道を急《いそ》いだ。


野原は、いちめんの雪景色《ゆきげしき》だった。

わずかな日の光がときおり、きらりとエゴノキの枝《えだ》につもった雪を光らせるほかには、動くものもない。

「おはるは……、くるのか?」

新吉は、はじめておはるに会ったエゴノキをめざした。

だれも踏《ふ》んでいない、すこし坂《さか》になった雪野原《ゆきのはら》を、足もとに注意《ちゅうい》しながら進む。

見たところ、雪に残《のこ》った足跡《あしあと》といえば、野原をまっすぐよこぎるウサギのもののほかにはない。やはりおはるは来ていないようだ。

そのとき、冷たい風が野原をかけた。

……カラン……コロン……

見るとエゴノキの枝《えだ》になにかがぶらさがっており、ゆれて音をたてている。

四、五本はあるだろうか。絵《え》の具《ぐ》を集める竹筒《たけづつ》だった。

おはるだ！

すべり、つまずきながら、新吉《しんきち》がエゴノキにかけよると、根《ね》もとにおはるがうずくまっていた。細い肩《かた》や、黒い髪《かみ》の上にうっすらと雪がのっている。

「おはる！」

おはるの肩を抱《だ》きあげると、おはるはゆっくりと目をあけた。その瞳《ひとみ》にはエゴノキにつもった雪がキラキラとうつっていた。

「おはる！　なんで、なんで、こんな……。」

おはるは、にっこりと笑《わら》って言った。

「ああ、まにあった。まにあったね。

新吉《しんきち》さん、ごめんなさい。冬の絵《え》の具《ぐ》は一色《ひといろ》しか集められなかった。」

「いいんだ、いいんだよ、こんな体《からだ》なのに、どうして？　すぐに医者《いしゃ》に行こう！」

「病気《びょうき》じゃないの。しかたがないの。

これでも、ながくもったんです。

あたし、だれよりもがんばったの。」

おはるの体《からだ》は、氷《こおり》のように冷たく、顔の色は雪よりもまっ白だ。それでもその笑顔《えがお》は、出会ったときのあどけなさを見せていた。

新吉は、おはるをエゴノキにもたれさせ、絵をひろげた。

「これが春、おぼえているか。

これが夏だよ。

そして秋だ。おはる！」

おはるは、いつかのように笑《わら》いながら、

「すごい、すごい、あたしね、あたしだね。」

と言うと、春の絵にかかれたチョウに手をのばした。

「ほんとに、ほんとにうまい。ほんとにうまい……。」

はじめて会ったときのように、おはるが、かすかにそう言ったとき。

おはるの指先が、うすく光った。

そして、粉雪《こなゆき》となって舞《ま》うように、さらさら、さらさらと消《き》えはじめた。

新吉《しんきち》は絵を投げだし、おはるの肩《かた》をつかもうとしたが、指のあいだから砂《すな》がこぼれるように、おはるの体《からだ》は消えていく。

「おはる！」

冷たい風がまた吹《ふ》きぬける。

……カラン……コロン……

気がつくと、ちらちらと雪が降《ふ》っていた。

おはるがいた雪の上には、いつかの虹色《にじいろ》のチョウが一匹《ぴき》よこたわっていた。

ぼろぼろになった羽《はね》の上に落ちた雪が、すこしだけ、きらりと光った。

【日小見《ひおみ》美術《びじゅつ》散歩《さんぽ》 その七
「野辺《のべ》草花《そうか》童女《どうじょ》図《ず》屏風《びょうぶ》」岡浦探斎《おかうらたんさい》・筆《ひつ》 日小見市立《しりつ》博物館《はくぶつかん》蔵《ぞう》】

江戸《えど》時代《じだい》中期《ちゅうき》に活躍《かつやく》し、水墨画《すいぼくが》の大家《たいか》として知られる岡浦探斎《おかうらたんさい》は、日小見《ひおみ》の青物《あおもの》問屋《どんや》の三男《さんなん》として生まれ、岡浦春斎《おかうらしゅんさい》に師事《しじ》、十五歳《さい》まで日小見で育《そだ》ちました（幼《よう》名《みょう》・新吉《しんきち》）。この絵は、探斎十四歳のときの作品《さくひん》と伝《つた》えられ、そのすばらしい才能《さいのう》の片鱗《へんりん》がうかがえます。

探斎《たんさい》の作品で、絵《え》の具《ぐ》による彩色画《さいしきが》はめずらしく、現存《げんそん》するのはこの屏風《びょうぶ》のみといわれています。探斎は、この絵によって日小見藩御用絵師《ひおみはんごようえし》として内定《ないてい》していましたが、なぜかそれを辞退《じたい》、その後、画業修行《がぎょうしゅぎょう》の旅《たび》に出ました。

屏風《びょうぶ》は四つの画面《がめん》で構成《こうせい》され、どの画面も、おなじ風景《ふうけい》の春夏秋冬のようすが描《えが》かれています。そのうち春夏秋にはおなじ童女《どうじょ》が描かれていますが、冬のみ、童女のかわりに一頭《とう》の蝶《ちょう》が描《えが》かれています。この意味《いみ》には、生命《せいめい》のはかなさを表《あらわ》しているなど諸説《しょせつ》ありますが、いまだによくわかってはいません。

しかし、探斎《たんさい》最後の作品《さくひん》「雪中蝶図《せっちゅうちょうず》」（国立博物館蔵《こくりつはくぶつかんぞう》）は、墨《すみ》のみで描《えが》かれた水《すい》墨画《ぼくが》ながら、ほとんどおなじ構図《こうず》で描かれており、この画題《がだい》が探斎にとって思い入れの深いものであることはまちがいないようです。

ところで、この絵に使われている絵《え》の具《ぐ》ですが、当時《とうじ》使われていた岩《いわ》絵《え》の具等《ぐとう》とは、まったく異《こと》なるものということがわかっています。この絵の具が、いつごろどこでどのようにつくられたものなのかは、現在《げんざい》も研究《けんきゅう》がつづけられていますがわかっていません。

とくに、冬の雪に使われている白の顔料《がんりょう》に関《かん》しては、原料《げんりょう》の特定《とくてい》ができず、美術《びじゅつ》史上《しじょう》の謎《なぞ》とされているのです。

（日小見市役所観光課発行《ひおみしやくしょかんこうかはっこう》　季刊《きかん》『ひおみ見どころガイド』春号より）

四の巻

龍《りゅう》ケ《が》堰《せき》

龍田良川《たったらがわ》の上流《じょうりゅう》、ふもとから十二キロほど山にはいったところに、高さ五メートル、幅《はば》六十メートルぐらいの堰堤《えんてい》〈龍ケ堰《りゅうがせき》〉がある。

堰堤《えんてい》とは、いまでいうダムのことで、大雨でたびたび洪水《こうずい》をおこした龍田良川をおさめるために、江戸時代《えどじだい》の中ごろに造《つく》られたものといわれている。

しかし、そうとうの大工事《だいこうじ》だったはずなのに、この堰堤についての記録《きろく》はほとんどない。忠明公《ただあきこう》の時代に、日小見出身《ひおみしゅっしん》の蘭学者篠田翔孫《らんがくしゃしのだしょうそん》の設計《せっけい》で造られたという学者《がくしゃ》もいれば、そのあまりに原始的《げんしてき》な石積《いしづ》みのしかたから、古墳時代《こふんじだい》のものだという研究者《けんきゅうしゃ》もいる。

言いつたえによれば、この龍ケ堰《りゅうがせき》は、たったひと晩《ばん》でできたといわれているが、本気《ほんき》でそう信じている人はいないだろう。

1

行灯《あんどん》の火が、きゅうに弱《よわ》くなった気がした。

「ぬえ？　あのぬえか？　モノノケの……？」

「そうだ。ぬえだ。タヌキの体《からだ》にサルの顔、手足はトラ、尾《お》はヘビ……。」

双兵衛《そうべえ》の顔は、いたって真剣《しんけん》である。

「そんなばかな、源平《げんぺい》の世《よ》ではあるまいにぃ。いまどきそんな……。」

助左衛門《すけざえもん》は信じられなかった。というより双兵衛《そうべえ》の話というだけで、まともにとりあう気がしなかった。

助左衛門と双兵衛は、幼《おさな》なじみで、生まれた日がいっしょであったことから、なにかとつるむ仲《なか》である。ただ、助左衛門は篠田《しのだけ》家百八十石《こく》の次男《じなん》、学問《がくもん》が得意《とくい》で、藩医《はんい》になるための修業中《しゅぎょうちゅう》。

双兵衛《そうべえ》は片倉家《かたくらけ》千石《ごく》の総領《そうりょう》（あとつぎ）なのだが、武芸《ぶげい》の鍛練《たんれん》といっては弓《ゆみ》を片手《かたて》に野山をぶらぶら、つまりは親のすねかじりである。若《わか》いのに理屈《りくつ》っぽいとからかわれることが多い助左衛門《すけざえもん》には、双兵衛の自由《じゆう》な性分《しょうぶん》が、すこしうらやましい。しかし、そのいいかげんさにふりまわされることも、たびたびだった。

双兵衛《そうべえ》の話は、中老上田角之進《ちゅうろううえだかくのしん》の最近のふるまいについてのことである。

上田は若いころから剣術《けんじゅつ》にすぐれ、忠明公《ただあきこう》が幼《おさな》いころから、お側用人《そばようにん》として仕《つか》えていた。

ある事件《じけん》で、忠明公を傷《きず》を負《お》いながらもお守《まも》りしたことから出世《しゅっせ》をし、中老《ちゅうろう》にまでなった。無口《むくち》だがまじめな性格《せいかく》で、城内《じょうない》の信頼《しんらい》も厚《あつ》い。敵《てき》もいない誠実《せいじつ》な人柄《ひとがら》だが、人柄だけでは中老にはなれない。

上田の出世の理由《りゆう》は、ほかにもある。日小見藩《ひおみはん》はあたたかな気候《きこう》なので、豊《ゆた》かな藩ではあったが、これといった産業《さんぎょう》もなかった。そのため、龍田良川《たったらがわ》の洪水《こうずい》などの災害《さいがい》がおきると、たちまち金蔵《かねぐら》は苦しくなった。

上田は、日小見藩《ひおみはん》に新しい産業をおこしたのである。

それは養蜂《ようほう》。ハチミツづくりだ。なぜ、上田《うえだ》がハチミツに目をつけたかはわからない。おそらく、ハチミツはくさらないので、たくわえがきくと考えたのだろう。日小《ひお》見《み》のハチミツは、将軍《しょうぐん》さまがたいへん気にいられたことから、世間《せけん》の評判《ひょうばん》をよび、藩《はん》の金蔵《かねぐら》をつねに豊《ゆた》かにした。また上田は野山にもくわしく、林業《りんぎょう》をうまくおこない、これもまた藩の大きなたくわえとなっていた。

つまりは、上田角之進《うえだかくのしん》は日小見藩《ひおみはん》にとって、なくてはならぬ人なのである。

双兵衛《そうべえ》は、大きな目をぎょろぎょろさせながら、話をつづけた。

「最近、上田さまのようすがおかしいのを知っているか？」

助左衛門《すけざえもん》には、心あたりがあったが、とぼけて答えた。

「くわしくは、知らんが。」

「登城《とじょう》は、だいたい昼ごろ。夜、眠《ねむ》れないのか、見るかげもないほどやつれて見える。で、きのうの討議《とうぎ》でのことだ。うちの親父《おやじ》さまが、去年から進めていた計画《けいかく》を知っているか？　飯山《いいやま》さまの計画だよ。」

双兵衛《そうべえ》の父親は勘定役《かんじょうやく》（藩《はん》のお金《かね》の管理《かんり》をする役）で、家老《かろう》の飯山作之助《いいやまさくのすけ》がたてるいろいろな計画《けいかく》を手つだっている。

「なんとなく。」

「古呂田山一帯《ころたやまいったい》の木材《もくざい》をいっきに切りだして、江戸《えど》に送りこむ話さ。あの大火《たいか》のあとだ、いまなら飛ぶように売れる。しかも、わが藩《はん》の地の利《ちり》をいかせば、江戸で使う木材を独占《どくせん》できる。売るなら、いまだ。それで得《え》た金《かね》を、龍田良川《たったらがわ》の堤防工事《ていぼうこうじ》にあてる計画さ。工事には、とにかく金がいるからね。」

日小見藩《ひおみはん》にとって、龍田良川《たったらがわ》の洪水《こうずい》は長年の問題である。田畑《たはた》が荒《あ》れるだけではない。以前には、橋《はし》が流され、たくさんの人が亡《な》くなったこともある。堤防工事と洪水は、まさにいたちごっこ。季節《きせつ》を見て、堤防をすこし造《つく》っては流されを繰《く》りかえし、藩《はん》の金蔵《かねぐら》をむしばんでいた。いっきに造れればいちばんなのだが、それにはたいへんな金がいる。たしかに、このまえの大火《たいか》で江戸《えど》は材木不足《ざいもくぶそく》、日小見藩にとって、またとない機会《きかい》といえるのだ。

双兵衛《そうべえ》はいっそう、助左衛門《すけざえもん》に顔を近づけた。なにをやるにも、芝居《しばい》じみたやつだ。早く話せと助左衛門は思った。

「その計画《けいかく》に大反対《だいはんたい》なのが、上田《うえだ》さまなんだ。しかも、きちんとした理由《りゆう》を、言おうとしない。山が荒《あ》れれば、鉄砲水《てっぽうみず》が心配《しんぱい》だなどとおっしゃるが、あんななだらかな山だ。たいして心配することはない。方法《ほうほう》はいくらでもある。だいたい、わが藩《はん》の木材《もくざい》の商《あきな》いを盛《さか》んにしたのはご本人《ほんにん》なのに、なんともはや、筋《すじ》の通らぬ話ばかりしている。あげくのはてには、あの無口《むくち》な上田さまがすごい血相《けっそう》で、ご家老飯山《かろういいやま》さまと口論《こうろん》になった。忠明公《ただあきこう》の御前《ごぜん》でだぞ。まわりはおろおろするばかり。そのときだ!」

双兵衛《そうべえ》が机《つくえ》をバンとたたいた。いつのまにか引きこまれていた助左衛門《すけざえもん》は、おもわずのけぞった。茶《ちゃ》がこぼれた。

「吠《ほ》えたんだよ。」

「吠えたって、なにが?」

「なにじゃない、上田さまがだ。グオーって。」

双兵衛がひっかくような手つきのまま、両手を高くあげて見せた。助左衛門は、ふきだした。

「そんなばかな。」

「これが、ほんとうなんだ。見ていたうちの親父《おやじ》が言うのだから、うそじゃない。その叫《さけ》びは、聞いたこともないような獣《けもの》の吠《ほ》え声《ごえ》だったと。親父はそのとき、一瞬《いっしゅん》だが上田《うえだ》さまの口が、耳まで裂《さ》けたようにも見えたと。」

「あいかわらず、親子そろっておおげさな……。」

助左衛門《すけざえもん》は、こぼれた茶《ちゃ》をふきながら言いかけたが、ひっかかるものを感じていた。

じつはあしたの晩《ばん》、自分の師《し》であり、藩医《はんい》である尾形由庵《おがたゆうあん》が上田の屋敷《やしき》へ往診《おうしん》にいくので、お供《とも》することになっているのである。由庵の話によると、忠明公《ただあきこう》が上田の健《けん》康《こう》を心配《しんぱい》されており、直々《じきじき》の仰《おお》せがあったとのこと。やさしく、気のとどく忠明公のこと、そういった仰せはめずらしいことではなかったが、そんなことがあったとは。

「城内《じょうない》じゃあ、上田さまはぬえにとりつかれてるって、うわさになっているぞ。」

「なぜ、ぬえなんだ?」

双兵衛《そうべえ》は、どことなくうれしそうに答えた。

「夜《よ》な夜《よ》な、上田さまの屋敷《やしき》が黒雲《くろくも》につつまれ、獣《けもの》の叫びが聞こえるのだと。そうきたら、もう源頼政《みなもとのよりまさ》のぬえ退治《たいじ》の話にそっくりだろう。」

「で、なんでおまえが、そんなにうれしそうなんだ？」

「ぬえ退治《たいじ》といえば弓《ゆみ》だ。やっとおれの出番《でばん》が、やってきたってわけよ。」

そういうことか。助左衛門《すけざえもん》は合点《がてん》がいった。

　源頼政《みなもとのよりまさ》のぬえ退治《たいじ》は、絵草紙《えぞうし》でおなじみのように、そのむかし近衛天皇《このえてんのう》を夜《よ》な夜《よ》な襲《おそ》う黒雲《くろくも》に、頼政がぬえの姿《すがた》を見いだし、山鳥《やまどり》の尾《お》を矢羽《やばね》にした矢でみごと討《う》ちとる話だ。たしかに、いまの話と似《に》ていなくもない。

　双兵衛《そうべえ》は、剣《けん》の腕《うで》は並《な》みだが、弓《ゆみ》に関《かん》してはそうとうな腕前《うでまえ》だ。おそらく藩《はん》いちばんといってもよいだろう。しかしながら弓の腕前は、この鉄砲《てっぽう》の時代《じだい》では、剣術《けんじゅつ》ほどもてはやされることもない。勧進的《かんじんまと》（お寺などでおこなわれる弓の腕《うで》くらべ）ぐらいしか腕を披露《ひろう》する場もなく、双兵衛はくすぶっていたのである。

　助左衛門は口をすべらせた。

「あしたの晩《ばん》、由庵《ゆうあん》先生と、上田《うえだ》さまの屋敷《やしき》に往診《おうしん》にいく予定《よてい》だ。ようすを見てきてやるよ。」

2

魔物《まもの》の牙《きば》を思わせる三日月《みかづき》が、雨あがりの道を行く由庵《ゆうあん》と助左衛門《すけざえもん》をわずかに照《て》らしている。まだ六《む》つ半《はん》（午後七時）を過《す》ぎたばかりなのに、いましがた降《ふ》った夕立《ゆうだち》のせいか人通《ひとどお》りはなかった。

——さきほどの夕立、ぬえの黒雲《くろくも》によるものか……。

そんなことを考えながら、助左衛門《すけざえもん》は由庵《ゆうあん》に気づかれないよう、うしろを見た。五間《けん》（約九メートル）ほど離《はな》れてついてきているのは、双兵衛《そうべえ》である。昨晩《さくばん》、往診《おうしん》の話を聞いたとたん、双兵衛はだだをこねる子どものように行きたがった。しかたなく、助左衛門は、由庵に気づかれないようにすることを条件《じょうけん》に、つれていくことにしたのである。

由庵《ゆうあん》は藩医《はんい》といっても町医者《まちいしゃ》で、名医《めいい》の評判《ひょうばん》が高いことからお城《しろ》に出入《でい》りしている、いわゆる御目見医《おめみえい》である。そのせいか偉《えら》ぶるところがなく、いつでもにこにこ、ひょうひょうとしていることから、〈ぬらりひょん〉などとあだ名されていた。今年七十になるので、耳は遠くなったものの、なかなか勘《かん》はするどくあなどれない。

「ばかめ、あれでは目立ちすぎだ。」

双兵衛《そうべえ》は、手甲脚絆《てっこうきゃはん》（手足を守る布《ぬの》）にくわえ、背中《せなか》に弓《ゆみ》と矢筒《やづつ》をしょっている。狩《か》りにでも行くようなかっこうで、市中《しちゅう》を歩くとは……。

気づくと、由庵《ゆうあん》はだいぶ先へ行っている。助左衛門《すけざえもん》はあわててあとを追った。

上田《うえだ》の屋敷《やしき》をたずねると、上田の妻《つま》、こまが迎《むか》えでた。

「上田さまは、ご在宅《ざいたく》かな？」

「お足下《あしもと》わるいなか、ご足労《そくろう》いただきまして……どうぞおあがりくださいませ。」

いつもながらの由庵《ゆうあん》のにこにこ顔につられて、こまも笑《え》みをうかべていたが、そのぎこちなさは、助左衛門《すけざえもん》にも見てとれる。ふたりはこまのあとにつづき、奥《おく》の間《ま》へとむかった。

「由庵《ゆうあん》どの、おぬしが来たということは、忠明公《ただあきこう》が、それがしの身《み》を案《あん》じておられるということかな。」

障子《しょうじ》はあけはなたれ、部屋《へや》の内《うち》を三日月《みかづき》がのぞいている。いままで、助左衛門《すけざえもん》は上《う》田《だ》のことを、遠《とお》まきにしか見たことがなかったが、こうして目の前にすると、その体《からだ》の大きさに気《け》おされた。体格的《たいかくてき》には健康《けんこう》そのものだが、たしかに顔色はすぐれず、頬《ほほ》はやつれ、目の下のくまがいたいたしい。ぬえに憑《つ》かれているのか？

しかし、人がいうほどの怖《こわ》さを感じないのは、その瞳《ひとみ》にやさしさと誠実《せいじつ》さを感じたからだった。

由庵《ゆうあん》は、にこにこと答えた。

「そのとおりでございます。最近、少々《しょうしょう》寝不足《ねぶそく》ぎみといったところですかな？」

上田は、わずかに笑《え》みをうかべると、

「そんなところだ。」

と答えた。こんどはぎゃくに由庵《ゆうあん》の笑《え》みがひいた。

「ご油断《ゆだん》めさるな。過日《かじつ》の件《けん》は、角之進《かくのしん》どのらしからぬぞ。あれでは、忠明公《ただあきこう》がご案《あん》じなされるのも無理《むり》ござらぬ。」

上田《うえだ》は、にぶく光る三日月《みかづき》に目をむけた。

「わかっておる、由庵《ゆうあん》どの。ただもう心配《しんぱい》はご無用《むよう》。策《さく》は固《かた》まりつつある。」

助左衛門《すけざえもん》は、ふたりの顔を見くらべるばかりだ。やがて、由庵は、いつものにこにこ顔にもどると言った。

「角之進《かくのしん》どの、忠明公《ただあきこう》にはまだまだ貴殿《きでん》が必要《ひつよう》だ。くれぐれもご自愛《じあい》めされよ。」

「かたじけない。」

上田は、深々《ふかぶか》と頭をさげる。

きゅうに由庵《ゆうあん》が、パンッと手をたたいた。

「きょうの往診《おうしん》はしまいじゃ。おいとましよう。」

「え？　しかし、まだなにも……。」

由庵は立ちあがると、ひょいひょいと廊下《ろうか》へ出ていってしまった。老人《ろうじん》のくせにネ

コのように身《み》が軽《かる》い。助左衛門《すけざえもん》は、あわてて上田《うえだ》に頭をさげ、

「中老《ちゅうろう》どの、くれぐれもおだいじに！」

とだけ言うと、あわてて由庵《ゆうあん》のあとを追った。

3

「あれでは往診《おうしん》になっておりません。」

門を出たところで、助左衛門《すけざえもん》はやっと由庵《ゆうあん》に追いついた。由庵は、いつものにこにこ顔で答えた。

「脈《みゃく》をとったり、薬《くすり》をだしたりすることだけが藩医《はんい》の仕事《しごと》ではないのだよ。いまのように、話をすることもりっぱな診療《しんりょう》じゃ。とくに上田《うえだ》さまのようなお方《かた》にはな。」

「しかし、あれでは、忠明公《ただあきこう》のお言いつけに……。」

「まったく、まじめなやつだのう。だから若年寄《わかどしより》などと陰口《かげぐち》たたかれるのだぞ。」

由庵《ゆうあん》は、助左衛門のうしろの生《い》け垣《がき》を指さしながら言った。

「わしは、また降《ふ》りだすまえに帰るとしよう。おまえは、あの、だれじゃ？　片倉《かたくら》のせがれか？　あいつとメシでも食《く》っていけ。」

やはり、ばれていた。由庵《ゆうあん》は、ひょうひょうとした足どりで帰っていく。

助左衛門《すけざえもん》は、生け垣《いがき》にかくれている双兵衛《そうべえ》のほうにむかった。

「おい、双兵衛、出てこい。」

返事がない。

生け垣の中をのぞくと、双兵衛が、そのぎょろ目をいっそう大きくして、上田《うえだ》の屋《や》敷《しき》のほうを見ている。

「おい、双兵衛《そうべえ》、どうした？」

「助左衛門《すけざえもん》、あれを見ろ……。」

助左衛門はふりむいた。

なんだ？　あれは。

つぎからつぎへと大きな黒いものが、上田の屋敷へはいっていくのだ。わずかな三《み》日月《かづき》の光に照《て》らされたそれらは、全身《ぜんしん》がまっ黒い毛《け》におおわれている。ケダモノだ。

もちろん着物は着ていない。一列《れつ》になり、黙々《もくもく》とわき目もふらずに、表門《おもてもん》から屋敷《やしき》にはいっていく。

双兵衛《そうべえ》が、ふるえる声で言った。

「ぬえだ、ぬえ……しかも、あんなに……。」

「ぬえって……わざわざごていねいに表門《おもてもん》からはいるのか?」

双兵衛は答えず、矢筒《やづつ》の封《ふう》を解《と》きはじめた。

最後の一頭《とう》が屋敷《やしき》にはいったのを見て、ふたりもあとを追った。

屋敷の中はしずまりかえっている。ふたりは、さきほどの上田《うえだ》と会った部屋《へや》の前庭《まえにわ》にまわった。

ふたりは息《いき》をのんだ。そこには、三、四十頭の黒いケダモノがうごめいていたのだ。すわって、部屋内《へやうち》に目をむけている。むせかえるような獣《けもの》のにおい。それぞれのうなり声が地鳴《じな》りのように、しずかにひびいていた。

助左衛門《すけざえもん》は、あっけにとられている双兵衛《そうべえ》に耳うちした。

「このままでは、上田《うえだ》さまや奥方《おくがた》さまがあぶない。」

「わかっているわ、おれにまかせろ。」

双兵衛《そうべえ》が、弓《ゆみ》を構《かま》えようとしたときである。

部屋内《へやうち》から、広縁《ひろえん》に上田が出てきた。いや、クマだった。上田の着物を着たクマだった。ぬえであれば、その顔はサル、手足はトラのはずである。上田の着物を着たそのケダモノの胸《むな》もとには、夜空に浮《う》かんでいるのとおなじ、三日月《みかづき》がにぶく光っていた。

「ぬえが、ぬえが、上田さまに化《ば》けていたのか!」

おもわずもれでた双兵衛《そうべえ》の声に、いちばん近くにいたケダモノがふりむいた。

「うわあ。」

そのひとにらみに、双兵衛は弓《ゆみ》を投げだし、逃《に》げだした。そのケダモノもクマだった。ここにいる黒いケダモノたちは、すべてクマだったのだ。

助左衛門《すけざえもん》は動けなかった。というよりも、動かなかった。上田の着物を着たクマが、不思議《ふしぎ》と怖《こわ》くないのである。助左衛門はクマの瞳《ひとみ》に、上田と会ったときに感じたやさしさと誠実《せいじつ》さを感じたのだ。

「そこにいるのは、助左衛門《すけざえもん》どのか？　由庵《ゆうあん》どののところの？」

クマがしゃべった。上田《うえだ》の声である。

「上田さま⁇」

「見られてはしかたない。いかにも拙者《せっしゃ》は上田角之進《うえだかくのしん》だ。」

クマは、上田の声で答えた。

「なぜ、そのようなお姿《すがた》に……いつから……。」

「いつからもなにもない。拙者《せっしゃ》は、もともとクマだ。おぬしが生まれるまえからな。」

助左衛門《すけざえもん》は、頭を整理《せいり》するのに必死《ひっし》である。

「奥方《おくがた》さまは、ごぞんじでいらっしゃるのですか？」

それに答えるように、部屋奥《へやおく》からこまが出てきた。

「わたくしも、クマでございます。」

奥方の着物を着たクマは、頭に櫛《くし》をさしたままである。

助左衛門は、クマのこまがあらわれたことで、そのこっけいさに肩《かた》の力がぬけていくのを感じた。

そのときである。雷鳴《らいめい》がとどろき、上田《うえだ》の屋敷《やしき》の上を黒雲《くろくも》がおおいはじめた。

4

上田《うえだ》は、助左衛門《すけざえもん》を邸内《ていない》に招《まね》きいれた。庭にひしめくクマたちは、ひろがりつつある黒雲《くろくも》を見あげ、グルグルとのどを鳴らしている。

「助左衛門どの、ハチミツはいかがかな?」

「いや、いまはけっこうでございます。」

クマの姿《すがた》のまま、上田は話しはじめた。

「上田家《うえだけ》は、天正《てんしょう》(安土桃山時代《あづちももやまじだい》)の戦《いくさ》のさいに、日小見家《ひおみけ》よりご恩《おん》を受けて以来、仕《つか》えてきた。初代藩主忠則公《しょだいはんしゅただのりこう》が、あわや戦場《せんじょう》になるかと思われた、われわれの住む山を救《すく》ってくださってからというもの、代々《だいだい》、人に姿を変え、お仕えしてきたのだ。」

上田《うえだ》は、モノノケや獣《けもの》にとりつかれたのでもなければ、とってかわられたのでもない。もともと獣だったのだ。

「それでは、忠明公《ただあきこう》はご事情《じじょう》を……。」

「むろん、拙者《せっしゃ》がクマであることはご承知《しょうち》のうえ、中老職《ちゅうろうしょく》をいただいた。ほかに上田《うえだ》家《け》の者がクマであることを知っているのは、剣術《けんじゅつ》指南役《しなんやく》の立花《たちばな》どのと藩医《はんい》の由庵《ゆうあん》どのだけである。」

助左衛門《すけざえもん》は、クマの上田が、分厚《ぶあつ》い前足で器用《きよう》に湯香《ゆの》みを持ち、あの耳まで裂《さ》けた口で言葉《ことば》をしゃべることに感心《かんしん》さえしはじめていた。湯を運んできたお女中《じょちゅう》も、クマだった。口もとには、赤い紅《べに》をさしている。

助左衛門は、今回《こんかい》のことについてたずねることにした。助左衛門なりの往診《おうしん》の続《つづ》きである。

「それほど長きにお仕《つか》えしている上田さまがなぜ、家老《かろう》、中老《ちゅうろう》がたの前でその……お叫《さけ》び……いや、お吠《ほ》えになったのですか?」

上田は湯香《ゆの》みを置《お》くと、一枚《まい》の絵図面《えずめん》を取りだした。

「今回《こんかい》の龍田良川《たつたらがわ》の治水《ちすい》の件《けん》は、知っておるか？」

「はい。」

「そうか。ならば話は早い。普請奉行《ふしんぶぎょう》（藩《はん》の土木工事《どぼくこうじ》をおこなう役）であった飯山《いいやま》さまの御策《おさく》に非《ひ》の打ちどころはござらん。藩《はん》にとって、もっともよい策《さく》であり、いまはまさにその好機《こうき》であることも重々《じゅうじゅう》承知《しょうち》しておる。しかし、問題は、今回の計画《けいかく》の木材《もくざい》の伐採地《ばっさいち》なのだ。」

地図《ちず》を前足で指《さ》しながら、上田《うえだ》はこまのほうに鼻をむけた。こまは、前足で目のまわりをこすっている。泣《な》いているのか？　上田は話をつづけた。

「古呂田山《ころたやま》のあの一帯《いったい》は、われわれクマの土地なのだ。先祖代々《せんぞだいだい》あの地で暮《く》らし、栄《さか》えてきた。こまも、そこで生まれた。あの地はクマの土地のなかでも古い場所で、さまざまな知恵《ちえ》、教えが受けつがれている。」

「上田さまは、その土地を守《まも》られたいのですね。」

「いかにも。しかしながら、拙者《せっしゃ》は日小見藩《ひおみはん》の中老《ちゅうろう》として、お役目《やくめ》も果《は》たさねばならない。武士《ぶし》として私事《しじ》を滅《めっ》し、藩《はん》のために最善《さいぜん》をつくすのは当然《とうぜん》のこと。」

「どうなさるおつもりですか？」

「拙者《せっしゃ》は、クマの知恵《ちえ》と力を集めることにした。山のクマたちを屋敷《やしき》に集め、連夜《れんや》、寝《ね》ずの討議《とうぎ》をおこなった。」

「それで、ごようすが……。」

「さよう。ぬえにとりつかれたわけではござらぬ。」

上田《うえだ》が笑《わら》うように、のどをグウグウ鳴らした。

助左衛門《すけざえもん》は、由庵《ゆうあん》と上田の会話《かいわ》を思いだした。

「さきほど、策《さく》は固《かた》まりつつあるとおっしゃっていたかと。」

「うむ。討議《とうぎ》をかさねるうちに、蝦夷地《えぞち》の灰色《はいいろ》グマ族《ぞく》の知恵《ちえ》で、川上《かわかみ》に堰堤《えんてい》を設《もう》け、治水《ちすい》をおこなう方法《ほうほう》があるとわかった。長大《ちょうだい》な堤《つつみ》を造《つく》るよりも費用《ひよう》はかからぬ。さっそく、蝦夷地《えぞち》に使いをだし、絵図面《えずめん》を引かせた。」

「わざわざ蝦夷地までですか？」

「いかにも。拙者《せっしゃ》はその絵図面を持って御前討議《ごぜんとうぎ》の場にのぞんだが、前例《ぜんれい》がないため効果《こうか》が定《さだ》かでない、工法《こうほう》にいたっては見当《けんとう》もつかぬと。図面の出《で》どころを問《と》われても、まさか蝦夷地《えぞち》のクマとも言えず……。幾日《いくにち》もかけて、同胞《どうほう》たちと書きあげた図面《ずめん》を一蹴《いっしゅう》されたことで、つい逆上《ぎゃくじょう》してしまった。」

「吠《ほ》えてしまったわけですね。」

「拙者《せっしゃ》としたことが……あせりもあってな。おはずかしい。」

上田《うえだ》は、自分の鋭《するど》く長い爪《つめ》を見つめている。

助左衛門《すけざえもん》は、

「忠明公《ただあきこう》にご相談《そうだん》は？」

と聞いた。

上田は顔をあげると、ため息《いき》をついた。

「忠明公は、公明正大《こうめいせいだい》なお方《かた》だ。拙者《せっしゃ》の案《あん》を通すには、それなりの理由《りゆう》を明《あ》かさねばならぬ。それには、まず拙者の正体《しょうたい》を、ほかの中老《ちゅうろう》、奉行《ぶぎょう》たちに明かす必要《ひつよう》があろう。そうもいかぬゆえ、忠明公も心をいためておられると思う。」

「はたして、いかがなされますか？」

「このままでは伐採《ばっさい》がはじまるのは時間の問題。われわれは討議《とうぎ》のうえ、ある決断《けつだん》をした。」

「決断《けつだん》とは？」

雷鳴《らいめい》がひびく。稲光《いなびかり》に上田《うえだ》の毛並《けな》みがかがやいた。

「われわれ、クマの力で堰堤《えんてい》を築《きず》く。」

「クマがですか？　……失礼《しつれい》、しかしどうやって？」

「この地に住むクマ、いや、古呂田山《ころたやま》につらなるすべての山々《やまやま》に住むクマ、みなを集める。そして、一夜《いちや》で造《つく》る。」

「一夜で？　そんな無謀《むぼう》な……。」

雷鳴《らいめい》はいよいよ激《はげ》しくなり、庭のクマたちが、黒雲《くろくも》にむかって吠《ほ》えている。

上田は、庭のクマたちにひと吠えすると、助左衛門《すけざえもん》にむきなおって言った。

「一夜でやらねばならぬ。川の水を幾日《いくにち》もせきとめるということは、民《たみ》の生活に支《し》障《しょう》をきたすことになるだろう。工事《こうじ》の途中《とちゅう》、人に見られたくもない。」

「しかし、いくらなんでも一夜では……。」

上田は、助左衛門の顔の前に、自分の前足をつきつけた。

「助左衛門《すけざえもん》どの。ヒトの理屈《りくつ》で考えるのはおやめなさい。そなたの医術《いじゅつ》の知識《ちしき》から考えれば、現《げん》に目の前にあるコレも説明《せつめい》がつくまい。自然《しぜん》には人智《じんち》を超《こ》える力がある。ヒトの理屈《りくつ》などは、いわばヒトの都合《つごう》だ。自然の力の前ではなんの意味《いみ》もない。われわれは、いまだ自然の中に生きている。ヒトの理屈では無理《むり》といっても、自然に身《み》をおき、その力を知るわれらであれば、かならずやれると信じている。」

上田《うえだ》は手をもどすと、助左衛門《すけざえもん》に言った。

「すでにわれわれは準備《じゅんび》を進めており、資材《しざい》もそろいつつある。決行《けっこう》は、百姓《ひゃくしょう》が田より水を抜《ぬ》いた直後《ちょくご》の三日月《みかづき》の夜。三日月といっても、ただの三日月ではない。月がわれらの胸《むね》の三日月とおなじ形になる夜。すなわち、あすの晩《ばん》だ。」

「できるのですか？」

雷鳴《らいめい》は激《はげ》しくなり、クマたちの吠《ほ》え声《ごえ》もいっそう大きくなった。そのようすを見ながら上田は言った。

「やらねばならぬ。しかしながらただひとつ、どうにもならぬ障《さわ》りがある。」

「なんでございますか？」

「またも人智《じんち》のおよばぬ話になるがよいかな？

龍田良川《たつたらがわ》には、古代《こだい》より竜《りゅう》が住みついておる。たちのわるい竜でな、たまに暴《あば》れねば気がすまぬらしい。いくら堤《つつみ》を造《つく》っても流されるのは、その竜のしわざだ。しかしながら堰堤《えんてい》ができると川の流れがよわまり、竜の力もおさえられてしまう。」

「では、その竜《りゅう》が工事《こうじ》の邪魔《じゃま》をすると？」

「どうやら、竜にこの計画《けいかく》がもれてしまったらしい。その証拠《しょうこ》に、毎夜《まいよ》この屋敷《やしき》の上にあらわれるあの雷雲《らいうん》。あれは竜のおどしだ。力を見せ、われわれの気をそぐつもりなのだろう。」

　またも大きな雷鳴《らいめい》がとどろいた。

「工事のさい、竜《りゅう》が襲《おそ》ってきた場合《ばあい》、どうなさりますか？」

上田《うえだ》は立ちあがり、広縁《ひろえん》に歩《あゆ》みでると、雷鳴《らいめい》とどろかす黒雲《くろくも》を見あげた。クマたちが吠《ほ》えるのをいっせいにやめ、上田を見つめた。やにわに上田は刀《かたな》を抜《ぬ》くと、その白《はく》刃《じん》を黒雲にむけ叫《さけ》んだ。

「竜《りゅう》がわれらをば、邪魔《じゃま》だてしようものなら、この上田角之進《うえだかくのしん》、たとえいかずちに打たれようとも、その首をば、討《う》ちとってみせるわ！」

クマたちの吠《ほ》え声《ごえ》が、地鳴《じな》りのようにわきあがり、雷鳴《らいめい》をかき消《け》した。

5

「すなわち、上田《うえだ》さまは、ぬえにとりつかれているのではありません。ぬえに、とってかわられていたのです。」

双兵衛《そうべえ》の父、片倉源次郎《かたくらげんじろう》は、家老《かろう》の飯山作之助《いいやまさくのすけ》に耳うちした。

飯山はしばらく目をつむっていたが、父のそばにひかえている双兵衛のほうを見すえて言った。

「双兵衛《そうべえ》、おぬし、たしかに見たのだな?」

「たしかに。」

双兵衛の目は、力にあふれている。飯山《いいやま》は、いつのまにか止めていた息《いき》を深く吐《は》いた。

「まるで読《よ》み本《ほん》(小説《しょうせつ》)のような話で、わしも普段《ふだん》であれば信用《しんよう》せんだろう。ましてや、上田《うえだ》とは若《わか》いころ、ともに道場通《どうじょうがよ》いをした仲《なか》だ。とても信じられん。しかし、このまえの上田の変容《へんよう》を目《ま》のあたりにしては……。片倉《かたくら》、おぬしだけではない。たしかにわしも、上田の口が耳まで裂《さ》けたのは……見た。」

源次郎《げんじろう》は、飯山《いいやま》の目を見ながら言った。

「あれは夢《ゆめ》、まぼろしではありませぬ。せがれもわざわざ人をさわがす戯《ざ》れごとを言いはしませせぬ。ご家老《かろう》にご報告《ほうこく》にあがったのも、藩《はん》の行く末《ゆすえ》を決めるお役《やく》の中に、モノノケがはいりこんでいては、日小見藩存亡《ひおみはんそんぼう》の危機《きき》とおもんぱかってのことでございます。」

飯山は、しばらく考えこんだあと、双兵衛《そうべえ》に言った。

「今夜《こんや》、わたしは上田《うえだ》の屋敷《やしき》に行く。双兵衛《そうべえ》、供《とも》をしてくれるか？　行ってこの目でたしかめる。上田がモノノケだったとして、本物《ほんもの》の上田を助けることが先決《せんけつ》ではあるが、もし、モノノケが本性《ほんしょう》をあらわし、暴《あば》れだすようであれば、双兵衛、そなたが弓《ゆみ》で討《う》て。そなたの弓の腕《うで》は聞きおよんでいる。たのんだぞ。」

双兵衛のぎょろ目がかがやいた。

「おまかせください！」

6

夕日が沈《しず》み、虫《むし》が鳴きだすころ、上田《うえだ》と助左衛門《すけざえもん》は屋敷《やしき》をあとにした。

助左衛門は、上田にお供《とも》を願《ねが》いでたのだ。クマたちが一夜《いちや》で堰堤《えんてい》を造《つく》るのを、見たくなったのである。上田の言う「人智《じんち》を超《こ》えた力」をこの目で見ることは、医《い》の道《みち》をこころざす者にとって、必要《ひつよう》なことではないかと思ったのだ。

上田は供《とも》を許《ゆる》すにあたり、助左衛門に危険《きけん》を言いきかせたうえで、もし自分の身《み》になにかあった場合《ばあい》、忠明公《ただあきこう》にその最期《さいご》のようすを伝《つた》えるよう頼《たの》んだ。そばで、その話を聞きながら、こまが泣《な》いていた。

川の流れにそった山道を行くふたりのあとを、もうふたつの影《かげ》がつけていく。こちらは、飯山《いいやま》と双兵衛《そうべえ》だ。

ふたりが上田《うえだ》の屋敷《やしき》をおとずれたのは、ちょうど上田と助左衛門《すけざえもん》が屋敷から出てきたところだった。上田は頭巾《ずきん》で顔をかくし、助左衛門はめずらしく刀《かたな》をさしていたことから、尋常《じんじょう》ではない事態《じたい》であると考え、ふたりはあとをつけることにしたのだ。

「だんだんに険《けわ》しくなってきましたが、どこまで行くのでしょうか？」

「わからん。あの助左衛門も、ぬえにとりこまれたのか？　昨夜《さくや》は逃《に》げおくれたのだろう？」

「幼《おさな》いころから鈍《にぶ》いやつで……。ついにはモノノケのえじきか。あわれなやつ……。」

双兵衛《そうべえ》は月を見あげた。

「助左衛門《すけざえもん》どの、着《つ》きましたぞ。」

上田《うえだ》は、ひときわ大きな岩の上に立った。そこは川が急《きゅう》にひろがるところで、低い滝《たき》になっている。滝の上は、上流《じょうりゅう》からの流れがいったんゆるみ、広く浅《あさ》い淵《ふち》になっていた。

おなじ岩に登《のぼ》ろうとする助左衛門に、上田は離《はな》れて見ているよう言った。

「上田どの、お気をつけて。」

上田は助左衛門にかるくほほえむと、三日月《みかづき》を見あげた。

そして、吠《ほ》えた。


「なんということだ！　これはなんだ？」

岩かげから見ていた飯山《いいやま》は、おもわず叫《さけ》んだ。上田が三日月《みかづき》にむかって吠《ほ》え声《ごえ》をあげると、付近《ふきん》の山々《やまやま》がぶるりとふるえた。いや、ふるえたように見えたのだ。うずくまっていたのだろうか、山肌《やまはだ》を埋《う》めつくしていた無数《むすう》のまっ黒いものが、いっせいに立ちあがったのである。何千頭《とう》いるのだろう？　まわりの山肌は、黒い大きなケダモノで埋《う》めつくされていた。そして上田《うえだ》の吠《ほ》え声《ごえ》に答えるように、それぞれがいっせいに吠えた。

すさまじい吠《ほ》え声《ごえ》の嵐《あらし》に、耳をふさぎながら双兵衛《そうべえ》は答えた。

「ぬえでございます！　ぬえの大群《たいぐん》でございます！」

飯山《いいやま》も耳をふさいでいたため、双兵衛の答えは聞こえなかった。


わずかな月あかりのなか、助左衛門《すけざえもん》が岩だと思っていた、まわりの黒いかたまりは、すべてクマだった。クマたちはみな、ひとかかえもある石を持っている。クマたちは、合図《あいず》を待っているように、じっと上田《うえだ》を見つめていた。

上田は胸《むね》に手をあてると、ふたたび、三日月《みかづき》にむかってみじかく吠《ほ》えた。

「オウッ！」

するとどうだろう、クマたちの胸の三日月が、蛍《ほたる》のように光りはじめたのである。

なんと美しいことか。助左衛門が、何千の三日月が灯《とも》る山々《やまやま》を見まわしていると、その三日月たちが、ゆっくりとこちらにむかって動きはじめた。岩を持ったクマたちが、いっせいに上田《うえだ》にむかって動きだしたのだ。

オウッ、オウッ、オウッ、オウッ、……

クマたちは、決まった調子《ちょうし》で吠《ほ》えながら、歩いている。

オウッ、オウッ、オウッ、オウッ、……

その声は、太鼓《たいこ》のように山々《やまやま》にこだました。

クマたちは、上田の足もとに岩を積《つ》みはじめた。助左衛門《すけざえもん》は、上田がクマたちをあやつっているのかと思ったが、どうやらちがうらしい。絵図面《えずめん》は、クマたちそれぞれの頭の中にはいっているようだ。上田は、クマたちを見ていない。岩の上で、空を見あげていた。


「あれはぬえではない、クマだな。」

飯山《いいやま》はおどろきながらも、ケダモノの胸《むね》に光る月《つき》の輪《わ》を見ながら言った。すっかり動揺《どうよう》している双兵衛《そうべえ》にくらべ、さすが家老《かろう》、肝《きも》がすわっている。

「しかし、なにをしているのでしょう?」

「わからぬ。いずれにしろ、上田《うえだ》に化《ば》けたモノノケがあやつっているからして、なんらかのたくらみのようだ。」

「矢《や》を射《い》ますか？」

「いや、まだだ。モノノケの正体《しょうたい》を見とどけてからだ。」


ほんとうに、一夜《いちや》でできてしまうかもしれない。

助左衛門《すけざえもん》は、これが上田《うえだ》の言う、「人智《じんち》を超《こ》えた力」なのかとおどろき、ただ見るばかりだった。クマたちは、黙々《もくもく》と石を運び積《つ》みあげていく。堰堤《えんてい》は、みるみるうちにできていく。上流《じょうりゅう》のほうでは、水をせきとめる作業《さぎょう》がおこなわれているらしく、山の奥《おく》のほうからも、「オウッ、オウッ、オウッ、オウッ、……」という吠《ほ》え声《ごえ》が聞こえていた。

助左衛門は、天《てん》からこのようすを見ることができたなら、クマの胸《むね》の三日月《みかづき》が、さながら地上《ちじょう》の天《あま》の川《がわ》のように見えることだろうと、空を見あげた。

「おや？」

満天《まんてん》の星空の中央に、墨《すみ》を落としたように黒い雲があらわれたのだ。その雲は、みるみるうちに大きくなっていく。

「上田《うえだ》どの！　黒雲《くろくも》でござる！」

「うむ！」

上田が刀《かたな》に手をかけると同時に、最初の雷鳴《らいめい》がひびいた。クマたちは、作業《さぎょう》の手をとめ、黒雲に吠《ほ》えはじめる。黒雲は渦《うず》を巻《ま》き、その中心は、底なしの闇《やみ》のようだ。やがて黒雲が三日月《みかづき》をおおいかくすと、クマたちの胸《むね》の光が弱《よわ》くなった。

そのときである。

ガシャーン、バリバリバリ！　すさまじい閃光《せんこう》と雷鳴《らいめい》とともに、稲妻《いなずま》が助左衛門《すけざえもん》のすぐそばのヒノキを切りさいた。それを合図《あいず》にか、つぎからつぎへと稲妻が走り、木々《きぎ》をなぎたおし、クマたちをはじきとばした。

「来たか！」

上田《うえだ》と助左衛門《すけざえもん》は、黒雲《くろくも》の中心の闇《やみ》の中にギラギラと光るふたつの目を見た。見たこともない大きな目玉《めだま》。刃物《はもの》のように縦《たて》に走る瞳《ひとみ》は邪念《じゃねん》に満《み》ちている。あれが竜《りゅう》か！

黒雲の中に、一千年の大木《たいぼく》のように太い胴体《どうたい》が、うねうねと見えかくれする。

上田は、刀《かたな》を抜《ぬ》くと帯《おび》をゆるめた。目をつむり、首をゆっくりとまわす。上田の眉《まゆ》から黒い毛《け》が生《は》えひろがり、鼻と口がつきでてくる。首をまわしおわり、ふたたび竜《りゅう》の目を見すえたとき、上田はクマになっていた。

クマになった上田を見てとったのか、竜はその口をカッとひらき、いまにも飛びかからんばかりに黒雲の中で身《み》がまえた。

7

「ごらんください！　上田《うえだ》さまが稲妻《いなずま》を呼《よ》び、ぬえになりましたぞ！」

双兵衛《そうべえ》とは反対《はんたい》に、飯山《いいやま》は落ちついていた。

目の前でおきているこのできごとは、まことなのか？　若《わか》いころからよく知る同僚《どうりょう》、

上田角之進《うえだかくのしん》が、真夜中《まよなか》の山中《さんちゅう》でクマをしたがえ、稲妻《いなずま》を呼《よ》び、ケダモノに変わった。となりでは双兵衛《そうべえ》が弓《ゆみ》を構《かま》え、刀《かたな》を構える角之進だったケダモノを、いまにも射《い》ぬこうとしている。

なぜ、クマたちを集めている？　ほんとうに、あれは角之進《かくのしん》ではないのか？

「まて、双兵衛、まだ射《い》てはならぬぞ！」

「しかし、飯山《いいやま》さま、しかし、」

双兵衛は、ふるえながらねらいを定《さだ》めた。

稲妻《いなずま》は、いっそう激《はげ》しくなってきた。

本物《ほんもの》の竜《りゅう》とは、こんなにおそろしいものなのか？

助左衛門《すけざえもん》は、上田《うえだ》から竜《りゅう》の話を聞いたとき、掛《か》け軸《じく》やらふすま絵で見る、あの姿《すがた》を思いうかべた。たしかにそのとおりの形ではあるが、隆々《りゅうりゅう》とした肉《にく》のつき方や、そのぬめり、全体からにじみでる湿《しめ》った邪気《じゃき》は、毒蛇《どくじゃ》どころではない、見るのもいやな、禍々《まがまが》しさである。あれほどのすばやい動きでは、さすがの上田も、あの巨大《きょだい》な口でひと飲みではなかろうか？

そのときである。

ビュウッ
なんだ？　助左衛門《すけざえもん》の頭上《ずじょう》を、なにかかすめた。

「グフウ。」

上田《うえだ》がうめき声をあげ、片《かた》ひざをついた。ふくらはぎあたりに矢《や》が刺《さ》さっている。

助左衛門は、矢が放《はな》たれたほうへふりむいた。半丁《はんちょう》（約五〇メートル）ほど離《はな》れた岩かげに、二射目《しゃめ》を撃《う》とうと構《かま》える双兵衛《そうべえ》がいた。なぜ、こんなところに？

「まて！　双兵衛、まて！」

助左衛門《すけざえもん》は、双兵衛にむかって、両手をひろげ走りだした。

「どけ！　助左衛門、どくのだ！」

双兵衛は、ぎりぎりと弓《ゆみ》を引いた。助左衛門は、その構《かま》えに「つぎは外《はず》さぬ」という気を感じた。河原石《かわらいし》に足をとられ、思うように走れない。助左衛門はよろけてひざをつき、目をつぶった。

まにあわない。もうだめか？

「うつなあ、あれは角之進《かくのしん》だあ。うつなあ。」

叫《さけ》び声《ごえ》に助左衛門《すけざえもん》は顔をあげた。声のぬしは飯山《いいやま》だった。飯山は、うしろから双兵衛《そうべえ》の首と肩《かた》をつかんで、引きたおそうとしている。

ビュウッ

その瞬間《しゅんかん》、二射目《しゃめ》の矢《や》が放《はな》たれた。

双兵衛《そうべえ》がのけぞりながら放った矢は、黒雲《くろくも》の中に消《き》えた。

「は、はずれた！」

助左衛門《すけざえもん》がほっとしたのもつかのま、すさまじい雷鳴《らいめい》がとどろいた。

いや、雷鳴ではない。それは聞いたこともない叫《さけ》び声《ごえ》。

同時に黒雲はすさまじい速《はや》さで渦《うず》を巻《ま》きはじめ、四方八方《しほうはっぽう》に稲妻《いなずま》を走らせる。助左衛門、双兵衛、飯山《いいやま》が見あげるなか、それはあらわれた。

黒雲の中から、どるどると身《み》をうねらせながら出てきた竜《りゅう》は、もがいているように見える。真下《ました》でうずくまる上田《うえだ》にかまいもせず、宙《ちゅう》をのたうちまわっている。よく見ると、その右目に、矢《や》が刺《さ》さっていた。飛びちる稲妻《いなずま》は、その右目から花火《はなび》のように発《はっ》せられている。

ウウォーーン

すさまじい叫《さけ》び声《ごえ》とともに、竜《りゅう》は地面すれすれに身《み》をすべらせた。かすめた地面の岩がくだけて、火花《ひばな》をあげて飛びちる。

竜《りゅう》はふたたび、竜巻《たつまき》のような風とともに、木々《きぎ》や石を巻《ま》きあげながら、天《てん》めがけ登《のぼ》っていった。そして、黒雲《くろくも》の渦《うず》の中に消《き》えた。その黒雲も、みずからの渦に巻きこまれるように小さくなり、そして消えた。バラバラと、巻きあげられた木々や石が降《ふ》ってきた。

遠く、風が木々をゆらす音がかすかに聞こえる。

三日月《みかづき》が、ふたたびかがやきはじめた。

「やった！　みごとだぞ、双兵衛《そうべえ》！」

助左衛門《すけざえもん》がかけよりながら叫《さけ》んだが、双兵衛《そうべえ》と飯山《いいやま》は、尻《しり》をついてすわりこみ、天《てん》を見あげている。腰《こし》を抜《ぬ》かしたといったようすだった。

「な、なんだ？　あれは？……」

やっと飯山の口から声がでた。そうか、双兵衛も飯山も、竜《りゅう》の話は聞いていなかったのだ。

「竜《りゅう》でございます。龍田良川《たったらがわ》の竜でございます。」

双兵衛がわれにかえった。

「りゅう？　竜だと？　おれは竜を射《い》たのか？」

「そうだ、そうだとも。たいした腕《うで》だ！」

よろこび、肩《かた》をつかむ助左衛門《すけざえもん》につられて、双兵衛《そうべえ》も笑《わら》いだしたが、その肩はふるえていた。

飯山《いいやま》が、やおら立ちあがり、かけだした。

「角之進《かくのしん》どの、無事《ぶじ》でござるかあ？」

そうだ、上田《うえだ》の手当《てあ》てが先だ。助左衛門は、飯山のあとを追った。

ようやく立ちあがりはじめたクマたちをかきわけ、かけよる飯山《いいやま》の姿《すがた》を見た上田《うえだ》は、おどろき、声をあげた。

「作之助《さくのすけ》どの、なぜこんなところに？」

「なぜは、こちらの言うことだ。そんな姿《すがた》で、なにをしていた？」

「なぜ、拙者《せっしゃ》が、このクマが上田角之進《うえだかくのしん》だとわかる？」

飯山《いいやま》は、立ちあがろうとする上田に肩《かた》を貸《か》しながら答えた。

「剣《けん》を構《かま》えるまえに首をまわす無駄《むだ》な動き、若《わか》いころから変わらぬぞ。」

「そうか。」

飯山にはクマの上田がすこし笑《わら》ったように思えた。

8

上田《うえだ》の吠《ほ》え声《ごえ》を合図《あいず》にクマたちの仕事《しごと》が、ふたたびはじまった。

オウッ、オウッ、オウッ、オウッ、……

クマたちの掛け声《かごえ》は、さきほどよりも勢《いきお》いを増《ま》したうえ、陽気《ようき》さもくわわり、祭《まつ》り囃子《ばやし》のようである。岩は、どんどん積《つ》みあげられていく。

助左衛門《すけざえもん》に傷《きず》の手当《てあ》てを受けながら、上田《うえだ》は飯山《いいやま》に自分の正体《しょうたい》と事情《じじょう》を話した。飯山にとっては、信じられないことばかりであったが、すべては目の前でおきたこと、受けいれざるをえなかった。

「普請奉行《ふしんぶぎょう》であられたご家老《かろう》に、あらためてお聞きしたい。この堰堤《えんてい》の効果《こうか》は、じゅうぶんに発揮《はっき》されるだろうか？」

上田の問《と》いに、飯山はクマたちの作業《さぎょう》をながめながら答えた。

「貴君《きくん》の図面《ずめん》を見たとき、こしらえ方も費用《ひよう》の見当《けんとう》もつかなんだが、このような考え方もあるのかと感心《かんしん》したのはたしかだ。これだけのものであれば、当面《とうめん》、急《きゅう》な増水《ぞうすい》は防《ふせ》げるだろう。いずれは堤防《ていぼう》を造《つく》らざるをえんだろうが、しばらくようす見だな。」

「古呂田山《ころたやま》の伐採《ばっさい》は？」

「急《きゅう》な工事費《こうじひ》は必要《ひつよう》なくなった。見送ろう。」

「かたじけない。」

クマの上田《うえだ》は、頭をさげた。

「角之進《かくのしん》、礼《れい》はいいから、いつもの姿《すがた》になってくれんか？　どうも、その……慣《な》れぬわ。」

「工事《こうじ》が終わるまで、お待ちねがいたい。みなの作業《さぎょう》は本来《ほんらい》の姿《すがた》で見とどけたく。」

飯山《いいやま》は苦笑《にがわら》いしながらうなずくと、まわりを見わたした。河原《かわら》は見わたすかぎり、作業するクマに埋《う》めつくされている。作業はうまくいっているようで、このぶんなら夜明《よあ》けまでに終わるだろう。しかしながら、なんという大きな堰堤《えんてい》だ。

「しかしこの堰堤《えんてい》、どう説明《せつめい》すればいいのだ？　忠明公《ただあきこう》へは、角之進《かくのしん》どのより説明すればご納得《なっとく》いただけようが、藩《はん》の者や市中《しちゅう》の者にはどうやって……。」

とほうにくれている飯山《いいやま》に、上田の手当《てあ》てを終えた助左衛門《すけざえもん》が、顔をあげ答えた。

「ご家老《かろう》、双兵衛《そうべえ》の手柄《てがら》としましょう。」

「へ？」

いきなり名前が出たので、双兵衛はおどろいて、おかしな声をあげた。双兵衛は、上田を射《い》てしまったことで、すっかり小さくなっていた。

助左衛門《すけざえもん》はつづけた。

「まぐれではありますが、双兵衛《そうべえ》が竜《りゅう》を射抜《いぬ》いたのはまことです。いかがでしょう、こんな話にしては……。」

助左衛門《すけざえもん》の話が終わると、双兵衛《そうべえ》のぎょろ目がかがやきはじめた。

「助左衛門、おまえにしては上出来《じょうでき》な話ではないかあ。」

「どうせ人智《じんち》のおよばぬ話だ。理屈《りくつ》を考えても意味《いみ》がない。わかりやすいほうが、みな納得《なっとく》するだろ。」

「そうだなあ、そうだ。たしかに拙者《せっしゃ》が射《い》たのだ。うそではない。だいいち、相手《あいて》は竜《りゅう》だ、竜。ぬえなどとは格《かく》がちがう。おれの弓《ゆみ》の腕《うで》にふさわしい。うん。」

ぎょろ目がギラギラかがやいている。

飯山《いいやま》はそっと、上田《うえだ》と助左衛門に言った。

「このぶんだと、あすには城《しろ》じゅうにひろまるな。」

こんどは飯山にも、クマの上田がほほえんだのがよくわかった。

いま、広く知られている龍ヶ堰《りゅうがせき》についての言いつたえはこうだ。

「そのむかし、ある弓《ゆみ》の得意《とくい》な侍《さむらい》が、龍田良川《たったらがわ》で暴《あば》れまわる竜《りゅう》を退治《たいじ》した。
竜は地上《ちじょう》に落ち、その体《からだ》は堤《つつみ》となって川をせきとめた。
五つの水抜《みずぬ》き穴《あな》は、そのとき、射抜《いぬ》かれた跡《あと》である。
その後、龍田良川の水害《すいがい》はなくなった。」

かんたんではあるけれど、この一夜《いちや》にしてできたといわれる堰堤《えんてい》のなりたちを語るのに、そのころとしては、もっとも説明《せつめい》のつく話だったのではないだろうか。

いまでも、田んぼの水抜《みずぬ》きの時期《じき》に、上田角之進《うえだかくのしん》が立っていた大岩から、堰堤《えんてい》にむかって矢《や》を放《はな》ち、水害《すいがい》がおこらぬよう祈《いの》る祭《まつ》りがおこなわれている。

助左衛門《すけざえもん》は、その後、もっと広い世界が見たいと江戸《えど》に出て、長崎《ながさき》に渡《わた》り、名を篠《しの》田翔孫《だしょうそん》とあらため蘭学者《らんがくしゃ》として成功《せいこう》した。

上田角之進《うえだかくのしん》は、その後もながく中老《ちゅうろう》として、忠明公《ただあきこう》に仕《つか》えている。

双兵衛《そうべえ》はというと、竜退治《りゅうたいじ》の評判《ひょうばん》にのって弓《ゆみ》の道場《どうじょう》をひらいたがうまくいかず、けっきょくは父とおなじ勘定役《かんじょうやく》となった。これが意外《いがい》と性《しょう》に合っていたらしく、のちに勘定奉行《かんじょうぶぎょう》になる。

ただ残念《ざんねん》なことに、竜退治の侍《さむらい》として、双兵衛の名が伝《つた》わることはなかった。

五の巻

おせつネコかぶり

日小見《ひおみ》の古い手《て》まり唄《うた》に、つぎのようなものがある。

ひおみの　ねこの　いうことにゃ
ふらりさそうは　しゃみのおと
みけも　とらこも　くろげもしろも
よなか　つきみて　はやしでて
いつか　なりたや　ねこがみさまよ
むかしむかしの　かみよから
ながいきしたけりゃ　おどりゃんせ
はやりすたりは　あるけれど
ここちよいわな　あたらしころも
とおでとうとう　あとじゅうねん　あとじゅうねん

手《て》まり唄《うた》として唄《うた》われるようになったのは、明治《めいじ》の終わりに、よくはずむゴムまりが出まわってからだ。それ以前は、お手玉唄《てだまうた》として唄われていた。いまでも運動会などの学校の行事《ぎょうじ》で唄われるので、日小見《ひおみ》の人であれば、たいてい唄うことができる。

歌詞《かし》の意味《いみ》は、はっきりわかっていないが、とにかく、ネコが月夜《つきよ》に三味線《しゃみせん》にのせて、ばかさわぎをしているようすであることはわかる。

ネコと三味線や、「ながいき」と「あとじゅうねん」など、関係《かんけい》のありそうな言葉《ことば》がならんでいるが、わらべ唄《うた》の研究者《けんきゅうしゃ》は、頭文字《かしらもじ》の「ひ、ふ、み、よ……」の単《たん》なる語呂合《ごろあ》わせで、たいした意味はないと言う。

1

おせつは米《こめ》びつをのぞくと、ため息《いき》をついた。

「こまったなあ。」

父親の平治《へいじ》が寝《ね》たり起きたりになってから、三月《みつき》がたとうとしている。

平治は腕《うで》のいい大工《だいく》で、指物師《さしものし》（家具職人《かぐしょくにん》）とかわらぬ仕事《しごと》ができることから、お城《しろ》に呼《よ》ばれたりもしていた。高いところの細工《さいく》を得意《とくい》としていたことで重宝《ちょうほう》がられていたのだが、それがあだになってしまった。

お城《しろ》の廊下《ろうか》の天井板《てんじょういた》を、取りかえていたときだ。古い天井板をはずすと、ネズミが飛びだしてきた。しかし、このぐらいのことはよくあることで平気《へいき》な平治《へいじ》だったのだが、つづいて飛びだしてきたのがネコ。この三毛《みけ》ネコが、日ごろなにを食べているのか、ゆうに四、五貫《かん》（約一七、八キロ）はありそうなとんでもない大ネコで、そいつが平治の顔の上に、まともにのっかってきたものだからたまらない。

平治《へいじ》は、足場《あしば》から落ちてしまった。

そのとき、まるでネコをかかえてかばうようなかっこうで落ちたものだから、手をつくこともできず、床《ゆか》に腰《こし》をしたたか打ちつけてしまったのである。

そのときは、まわりの仲間《なかま》の大笑《おおわら》いに笑顔《えがお》でこたえながら起きあがった平治《へいじ》だったが、翌日《よくじつ》から、とんでもなく痛《いた》みだし、起きあがることもできなくなった。

最近は厠《かわや》（便所）へ行くにも、おせつの手助けがいるありさま。

同情《どうじょう》した城《しろ》の役人《やくにん》から藩医《はんい》の尾形由庵《おがたゆうあん》先生を紹介《しょうかい》され、膏薬《こうやく》をもらったものの、いっこうによくならない。見舞《みま》い金《きん》が出たので、しばらくは寝《ね》て暮《く》らせたのだが、それも底をつきかけていた。

平治《へいじ》の女房《にょうぼう》、つまりおせつの母親は、おせつが生まれてすぐに亡《な》くなっているので、長屋《ながや》の女房衆《にょうぼうしゅう》は、みんな気をつかってくれる。つくりすぎただの、もらい物だなどといろいろ理由《りゆう》を言っては、食べ物やおかずを持ってきた。

というのも、平治は腕《うで》に自信《じしん》があるぶん頑固《がんこ》なところがあり、同情《どうじょう》されるのが大きらいで、親切《しんせつ》を素直《すなお》に受けたがらないところがあるのだ。ただでは受けとらないことがわかっているので、みんな気をつかって理由《りゆう》をつける。

最近では、そんな理由もだんだん尽《つ》きてきて、長屋《ながや》の人たちも差《さ》し入《い》れがしづらくなっており、おせつは毎日の食事のしたくにこまっていた。

「米《こめ》は、まだ足《た》りてるかい？」

平治《へいじ》に聞かれると、おせつはついつい、

「まだ平気《へいき》だよ、いいから心配《しんぱい》しないで横になってて。」

と答えてしまう。

きょうもやっぱりそう答えてしまった。

あと三日か四日分しかないのにな……。

「ながくすわれるようにでもなれば、指物《さしもの》の仕事《しごと》でもまわしてもらうんだが……。」

すまなそうに言う平治《へいじ》を元気づけるのに、いちばんいいのはおせつの小唄《こうた》だ。

おせつは小さなころから唄《うた》が得意《とくい》で、このまえまでは、近所《きんじょ》のお師匠《ししょう》さんのところへ小唄《こうた》を習《なら》いにいっていた。腰《こし》をわるくするまえ、平治はよく、おせつの小唄を聞き

ながら晩酌《ばんしゃく》をして、一日の疲《つか》れをいやしていたものだ。
おせつは、唄《うた》いながら夕飯《ゆうはん》のしたくをはじめた。
——梅《うめ》は匂《にお》いよぉ　木立《こだち》はいらぬ　人は心よぉ　姿《すがた》はいらぬ
ああ、そういえばお師匠《ししょう》さんのとこ、ずいぶん行ってないなあ。
あしたは、おけいこやめますって、きちんと言いにいこうっと。

2

翌日《よくじつ》は、ひさしぶりに秋らしい天気になった。見あげた青空には、いわし雲がうすくかかっている。

顔をこんなにあげたのは、ひさしぶりな気がした。

胸《むね》やのどのあたりが、ぴーんと伸《の》びて、なんだか背《せ》が伸びたよう。毎日見ていたはずの古呂田山《ころたやま》の木々《きぎ》が、すっかり色を変えているのにおどろいた。

お師匠《ししょう》さんの家は繰糸町《くりいとちょう》にある一軒家《いっけんや》で、柿《かき》の木が目印《めじるし》だ。

――おみやげに柿《かき》もらえないかなぁ。

しぜんにそんなことを考えていることに気づいたおせつは、はずかしくなって、ひとりで赤くなった。

「こんにちはぁ。」

はあいと、涼《すず》しい声とともに、お師匠《ししょう》さんが出てきた。

お師匠さんは、おたまといい、すらりとして、目が大きな美人《びじん》さんだ。

気だてがよくて、きれいな人なので、よく知らない人は、江戸《えど》で有名《ゆうめい》な芸子《げいこ》さんだったなんてうわさしている。でもほんとうは、代々《だいだい》の家業《かぎょう》の三味線《しゃみせん》づくりをしてい て、日小見《ひおみ》を離《はな》れたことはないそうだ。そのかたわら、近所《きんじょ》の人に、長唄《ながうた》、小唄《こうた》、三味線を教えている。

平治《へいじ》が、この家のけいこ場を造《つく》ったことから知りあいになり、おせつも小唄を習《なら》うようになったのだ。

「おや、おせっちゃん、ひさしぶりだねえ。ずいぶん、顔を見せないから心配《しんぱい》していたんだよ。」

「お師匠《ししょう》さん、ごめんなさい。じつは、きょうはおけいこ終わりにしたいので、そのごあいさつにきたんです。」

おたまの形のいい眉《まゆ》が、八《はち》の字《じ》にゆがんだ。

「どうしたんだい？　ひさしぶりに来てくれたと思ったら。あんなに、小唄《こうた》が好《す》きだって言ってたじゃないか。」

おせつは、うつむいてしまう。

「うち、おとっつぁんが、たいへんなんです。」

おせつは、平治《へいじ》のようすを話しはじめた。

「そうかい、三月《みつき》もねえ。で、おせっちゃん、ごはんはちゃんと食べてるのかい？」

おせつは、顔をあげずに答えた。

「はい、いまは。でも正直《しょうじき》いって、お米《こめ》、あと三日分あるかないかってとこなんです。」

それを聞いて、おたまはちょっと口をとがらせた。おこっている。

「まったく、平治《へいじ》さんの頑固《がんこ》さにも、ほどがあるねえ。十《とお》の子どもに、こんな心配《しんぱい》させて。こまったときはおたがいさまっていうじゃないか。素直《すなお》に、まわりの人からお米《こめ》もらって、たらふく食《く》って栄養《えいよう》つけて、とっとと治《なお》して、そっからご恩返《おんがえ》しすりゃあいいんだよ。」

「でも、長屋《ながや》の人たちだって、そんなにたくわえがあるわけでもないし。いつか治《なお》って返せる見こみがあれば、まだいいけれど……。」

おたまは、しばらくむっとした表情《ひょうじょう》でいたが、きゅうに明るい声で言った。

「おせっちゃん、こうしよう。きょうはせっかく来たんだ、新しい唄《うた》、教えてあげるよ。けいこ代《だい》はいらないよ。あたしは、おせっちゃんに、けいこやめてほしくないから勝手《かって》にやるのさ。あんた、すじがいいからね。さあさ、おあがり。」

けいこ場にすわったおせつの前に、おたまはお手玉《てだま》をならべた。

八つほどあるお手玉は、古い着物の端切《はぎ》れでつくったものらしい。

「亡《な》くなった、おっかさんがつくってくれたもんでね。きょうは、お手玉唄《てだまうた》教えてあげるよ。」

おたまは、お手玉を三つつかむと唄《うた》いはじめた。

日小見《ひおみ》のネコの言うことにゃ
ふらりさそうは三味《しゃみ》の音
三毛《みけ》もとら子も黒毛《くろげ》も白も
夜中　月見て　囃《はや》しでて
いつかなりたやネコガミさまよ
むかしむかしの神代《かみよ》から
長生きしたけりゃ踊《おど》りゃんせ
はやりすたりはあるけれど
ここちよいわな　新《あたら》し衣《ころも》
とおでとうとうあと十年　あと十年

「どう？　数《かぞ》え唄《うた》になってるのよ。気がついた？」

「ううん、わからなかった。でも楽しい。」

おたまは、おせつにお手玉《てだま》をふたつわたす。

「じゃあ、やってみようよ。まずは、ふたつから。」

おせつは、おたまといっしょに唄《うた》いはじめた。

最初は、歌をおぼえるのも、手を動かすのもたいへんだったが、失敗《しっぱい》したらふたりで笑《わら》いあい、うまくいったら手をたたきあう。お手玉も、ふたつから三つになって、きょうのは、けいことというよりは遊《あそ》びという感じだ。

しばらく笑うことがなかったおせつだったので、楽しくてしかたがない。

あっというまに、昼の鐘《かね》の時間になってしまった。

「いけない、おとっつぁんに、お昼のしたくしなきゃ。」

おたまは、帰りじたくをはじめたおせつに言った。

「おせっちゃん、このお手玉あげるから、家で遊びなよ。」

おせつが目をまるくする。

「え？　いいの？　おっかさんからもらった、だいじなものじゃないの？」

「いいよ、いいよ。あたしが遊ぶわけでもないし。だけど、ちょっとほころびかけているから、直《なお》して、夕方持っていってあげるわ。」

「わるいよ、そんな。」

「柿《かき》も、もいで持っていってあげるからさ。」

おせつの頭の中は、お手玉《てだま》と柿のことでいっぱいになって、遠慮《えんりょ》なんてものは吹《ふ》きとんでしまった。

「ありがとう、お師匠《ししょう》さん！」

おせつは、家へ走りながら、このまま浮《う》きあがって、飛んでいけそうな気までしていた。

3

おたまは、約束《やくそく》どおり、まだ日が高いうちに、おせつの家にやってきた。

しゃれた萩《はぎ》と小菊《こぎく》の柄《がら》の着物姿《きものすがた》を見て、ぽぉっとしているのは、おせつだけではない。あわてて起きようとする平治《へいじ》を、おたまがとめた。

「平治《へいじ》さん、いいよ、そのままで。」

平治がはずかしそうに言う。

「こんな姿《すがた》、見られちまって。風呂《ふろ》にも満足《まんぞく》にはいってねえし。いやあ、面目《めんぼく》ねえ。」

「なにいってんのさ。こっちこそ、たいへんなときに押《お》しかけちゃって、ごめんね。きょうは、うちの柿《かき》持ってきたんだ。それにおせっちゃんに、あたしが使ってたお手玉《てだま》あげようと思ってね。さがしたらこんなに出てきた。」

おたまが、重そうなふろしき包《づつ》みをあけると、つやつやした柿《かき》が七つこぼれでて、畳《たたみ》の上をごろごろところがった。

そのだいだい色だけでも、部屋《へや》の中が明るくなった気がしたのだが、十五、六もあるだろうか、色とりどりの端切《はぎ》れでつくられたお手玉は、平治《へいじ》とおせつの心の中まで明るくさせた。

「こんなに、すまねえなあ。」

「いいってば。そんなことより、平治さんの腰《こし》が治《なお》ったら、頼《たの》みたいことがあるのよ。見ばえのする三味線《しゃみせん》の飾《かざ》り棚《だな》、つくってもらいたくてね。それでお返ししてくださいな。」

平治《へいじ》が、笑《わら》いながら答えた。

「おう、わかった。まかせてくんな。」

平治の笑《わら》い顔《がお》を見るのは、いつ以来《いらい》だろう。

おたまが来てくれて、家の中の空気がすっかり入れかわった気がする。柿《かき》をならべながら、おせつは、おたまがずっとこの家にいてくれたらいいのになと思った。

おたまは、おせつを呼《よ》びよせると耳もとで言った。

「おせっちゃん、あたし、あんまり縫《ぬ》い物《もの》が得意《とくい》じゃないからさ、このお手玉《てだま》、すぐほころびちゃうかもしれない。そんなときは遠慮《えんりょ》しないで持ってきなね。また、中身《なかみ》をつめて縫《ぬ》ってあげるから。平治《へいじ》さんには内緒《ないしょ》だよ。」

おしろいのにおいかしら？　おたまからはほんのり、いいにおいがする。

お母さんのにおいって、こんな感じなのかなあ。

「それと、きょう、教えた唄《うた》あるだろ。あの唄なんだけど、逢魔《おうま》が時《とき》に唄《うた》ってはいけないよ。きっと怖《こわ》い夢《ゆめ》を見る。むかしから決まっているから、言うとおりにしておく

れよ。」

「はい。」

おせつは、ちょっとうわのそらだ。

「わかった?」

「はい。」

おたまは、くすくす笑《わら》いながら立ちあがった。

「ほんとにわかってんのかねえ。この子ったら。それじゃあ、平治《へいじ》さん、おだいじにね。おせっちゃん、またこんど。」

おせつは、おたまを長屋《ながや》の出口まで見送った。笑って手をふるおたまの姿《すがた》が、夕暮《ゆうぐ》れの人波《ひとなみ》に消《き》えていく。

そうだ、お師匠《ししょう》さんにお母さんになってもらえばいいんだ。

おとっつぁんと夫婦《めおと》になってくれたら、どんなにいいだろう。ずっと、ほしかった弟や妹だって、できるかもしれない。

おせつは、自分の考えにうきうきしながら、家にもどった。

「おとっつぁん、わたし、いいこと考えた。お師匠《ししょう》さんが、おとっつぁんと夫婦《めおと》になって、わたしのおっかさんになってくれたらいいんだよ。そうすれば、お師匠さん、ずっとうちにいてくれるよね。」

平治《へいじ》は最初、ぽかんと口をあけていたが、あわてた感じで笑《わら》いだした。

「おたまさんほどのいい女が、こんなこぶ付《つ》きの男やもめのところに来てくれるわけねえだろ。なにいってんだ。まあ、そんなことより、そのお手玉《てだま》見せてくれよ。」

おせつは、平治にお手玉をひとつわたした。

平治はお手玉を手にとりながら、にやにやしている。

「そうかなあ……。」

おとっつぁんはああ言っているけど、お師匠《ししょう》さんだってわたしから頼《たの》めば、きっとおっかさんになってくれるはずだ。

そう考えると、おせつはしぜんに笑顔《えがお》になった。

ふたりで笑《わら》いあうのは、幾日《いくにち》ぶりだろう。家が笑顔でいっぱいだ。こんなことは、ここ三月《みつき》なかった。きょうは、なんてすてきな日なんだろう。

「おい、おせつ。」

「なあに、おとっつぁん。」

どうしたことだろう。平治《へいじ》から笑顔《えがお》が消《き》えている。

「おまえにはわるいが、このお手玉《てだま》はもらえねえ。おたまさんに返してくるんだ。」

おせつには、意味《いみ》がわからない。

「なんで？　どうして？　わたしのお手玉だよ。」

平治は、おせつの前にお手玉を置《お》くと、しずかに言った。

「そいつの中身《なかみ》は、米《こめ》だ。」

4

おせつは、井戸端《いどばた》でぼんやりとお手玉《てだま》を見つめていた。

なにか、自分が大きな失敗《しっぱい》をしてしまったような気がしていたのだが、なにがわるかったのかもよくわからない。ただ、ふたつ、おせつには悲《かな》しいことになったのはたしかだった。

ひとつは、平治《へいじ》がまた、ふさぎこんでしまったこと。もうひとつは、お師匠《ししょう》さんにお手玉《てだま》を返さなければならないことである。

「おせっちゃん、どうしたんだい？　もう暗くなるってのに。」

ふりむくと、おむかいに住んでいるお辰《たつ》が立っていた。夕飯《ゆうはん》のしたくだろう、大きなお釜《かま》をかかえている。

「あ、おばさん。」

お辰《たつ》には、息子《むすこ》がふたりいるが、もう大きい。女の子がほしかったとかで、おせつが小さいころから、なにかと世話《せわ》をしてくれているのだ。

おせつは、きょうのできごとを話した。

お辰は、ひととおり聞くと、ため息《いき》をついた。

「そうかあ。平治《へいじ》さんの強情《ごうじょう》には、あきれちまうねえ。でも、今回《こんかい》は相手《あいて》がわるかったかねえ。」

「お師匠《ししょう》さんだからだめなの？　どうして？」

「どうしてって、うーん……。」

おせつが、きゅうににこにこして言った。

「ほれてるから？」

「おや、いつからおせっちゃん、そんなませたこと言うようになったの？　ま、いいや。そんなとこだよ。ほれた女に同情《どうじょう》されるのは、平治《へいじ》さんとしちゃあ、いちばんだめなんだろうねえ。」

そうかあ。おせつは、おとっつぁんがお師匠《ししょう》さんのことを好《す》いているということがたしかになったような気がして、すこしだけうれしくなった。

でも、つづくお辰《たつ》の話は、おせつをまた悲《かな》しませるものだった。

「平治《へいじ》さん、自分が治《なお》らないと思いこんでるんじゃないかねえ。借《か》りたものを返せるあてがないって思ってるんだよ。だから、かたくなに、お米《こめ》やお金《かね》を受けとろうとしないんじゃないかね。まったく、おせっちゃんみたいなかわいい子がいるってのに……。」

おせつがにぎったお手玉《てだま》の上に、涙《なみだ》がひとつ落ちたのを見て、お辰《たつ》はあわてて言葉《ことば》をついだ。
「ああ、おせっちゃん、ごめん、ごめん。平治《へいじ》さんが治《なお》らないって言ってんじゃあないよ。治らないって思いこんでるって言ってるんだよ。いいお医者《いしゃ》にかかれば、かならず治るって。

ほら、きょうは評判《ひょうばん》の油揚《あぶらあ》げ買ってきたから、いなりずしつくろうと思ってね。でも、わたしのことだから、ばか息子《むすこ》たち夕飯《ゆうはん》いらないって言ってたこと、すっかり忘《わす》れて、つくりすぎちゃうと思うんだ。つくりすぎたら、あとで持ってってあげるよ。」

お辰《たつ》の言葉《ことば》に、おせつはすこしだけ笑《わら》った。
「ありがとう、おばさん。いまからお師匠《ししょう》さんの家に返しにいったら、夕飯のしたくができないなあって思ってたところなの。」
「これから、ますます暗くなるってのに。あしたにしなさいな。さ、わたしもさっさとお米《こめ》といじまおう。」

おせつは、お手玉《てだま》を返すのがあしたになったので、ちょっと気がらくになった。そうしたら、もう一回、遊《あそ》んでから返すことにしよう。

「ねえ、おばさん、ちょっと聞いててね。」

おせつはお手玉《てだま》を三つ手にとり、唄《うた》いだした。

日小見《ひおみ》のネコの言うことにゃ
ふらりさそうは三味《しゃみ》の音
三毛《みけ》もとら子も黒毛《くろげ》も白も
夜中　月見て　囃《はや》しでて……

「なんか、おかしな唄《うた》だねえ。」

お辰《たつ》が、米《こめ》をとぎながら言った。

おせつが空を見あげると、いつのまにか、三日月《みかづき》がぽっかり浮《う》かんでいる。

長屋《ながや》の屋根《やね》の上から、お辰の家のネコが、ふたりをじっと見おろしていた。

5

その日の夜中。

おせつは、とつぜん目がさめてしまった。なにか、音がしたとか、そんな理由《りゆう》もない。ただ、ぱっちりと目がさめてしまったのだ。すっきりしていて、眠《ねむ》くもない。

こんなことははじめてだ。となりでは、月あかりに照《て》らされた平治《へいじ》が、ぐっすりと眠っている。

なんで、目がさめちゃったんだろう。昼寝《ひるね》をしすぎたわけでもないのに……。

おせつはふとんの中から、月の光にぼんやり照《て》らされた障子《しょうじ》を見ていた。

三日月《みかづき》にしては、明るいなあ。

そのときだ。

――いそげ、いそげ。

――はじまる、はじまる。

ふたつの小さな影《かげ》が、さっと障子《しょうじ》のむこうをよこぎった。

「なにかしら？　子ども？」

遠くから、なにか聞こえてくる。

——チャンカチャンカチャンカ……

お囃子《はやし》？　こんな真夜中《まよなか》に？

三味線《しゃみせん》、笛《ふえ》、太鼓《たいこ》のほか、なべ、釜《かま》、鳴らせるものなら全部鳴らしているようなにぎやかさ。

——チャンカチャンカチャンカチャンカ……

お囃子《はやし》はだんだん近づいてきた。

これって、〈ばかばやし〉ってやつかしら？

ばかばやしというのは、江戸《えど》の町にあるらしい不思議《ふしぎ》で、夜中にどこからともなくお囃子《はやし》が聞こえ、どこから聞こえてくるかはだれにもわからないというものだ。

でも、江戸のばかばやしは近づくと逃《に》げるのに、このお囃子はだんだん近づいてくる……。

おせつは思いきって、障子《しょうじ》のすきまから外をのぞいてみた。

だあれもいない。三日月《みかづき》にしては明るい夜で、長屋《ながや》も、井戸場《いどば》も、道ばたも青白く光っている。お囃子《はやし》は表通《おもてどお》りから聞こえてくるようだ。

おせつは、ねまきのまま、こっそり表通りまで出てみた。

「あっ。」

おせつはいそいで身《み》をかくした。そして、もういちどよく見ると……。

――チャンカチャンカチャンカチャンカ……

表通りは、何百匹《びき》というネコに埋《う》めつくされていた。

みんな、うしろ足で立ちあがり、思いおもいに着かざっている。ゆかたやはっぴ、芸者《げいしゃ》さん、旅芸人《たびげいにん》、お侍《さむらい》、いろんなかっこうのネコたちが笑《わら》ったり、唄《うた》ったり、踊《おど》ったり。

そのまん中では、いろんな楽器《がっき》、鳴《な》り物《もの》を持ったネコたちが行列《ぎょうれつ》になって、お囃子《はやし》をかなでながら歩いている。

なにかしら?? ネコのお祭《まつ》り?

お囃子《はやし》にあわせてネコたちが唄《うた》っているのは、あの唄《うた》だった。

日小見《ひおみ》のネコの言うことにゃ
ふらりさそうは三味《しゃみ》の音
三毛《みけ》もとら子も黒毛《くろげ》も白も……

なんで、こんなに大さわぎをしているのに、だれも起きないのだろう？あかりがついている家は一軒《けん》もない。あかりといえば、ネコたちが持っている色とりどりのちょうちんと、三日月《みかづき》の青白い光だけだ。

夜中　月見て　囃《はや》しでて
いつかなりたやネコガミさまよ
むかしむかしの神代《かみよ》から……

ネコたちは、お囃子《はやし》の行列《ぎょうれつ》といっしょに、繰糸町《くりいとちょう》のほうにむかっていた。

それにしても、なぜ、ネコたちはお師匠《ししょう》さんが教えてくれた唄《うた》を唄《うた》っているのかしら？

ひょっとしたら行き先は？　おせつはこっそりついていくことにした。

6

繰糸町《くりいとちょう》であかりがついている家が一軒《けん》だけあった。

おたまの家だ。ネコたちは、おたまの家にむかっているにちがいない。

まさか、あのネコたち、三味線《しゃみせん》にされちゃった仲間《なかま》の仕返《しかえ》しに集まってるんじゃ？

おたまの家の表玄関《おもてげんかん》は、すでに黒山《くろやま》の人だかり、いや、ネコだかり。心配《しんぱい》になったおせつは、裏口《うらぐち》にこっそりとまわった。さいわい、ネコたちは、お酒《さけ》でも飲んでいるのか、大はしゃぎ。おせつに気づくものはいない。

裏口はあいており、どろぼうみたいで気がひけたのだが、おせつはこっそり中にはいった。台所《だいどころ》をぬけて廊下《ろうか》に出ると、けいこ場からあかりがもれている。

長生きしたけりゃ踊《おど》りゃんせ
はやりすたりはあるけれど……

お囃子《はやし》にあわせて聞こえてきた唄《うた》の中に、たしかにおたまの声が聞こえた。

お師匠《ししょう》さん、無事《ぶじ》だ！

おせつは、ぬき足、さし足、廊下《ろうか》を進むと、けいこ場のとなりの部屋《へや》にはいり、ふすまのすきまからけいこ場をのぞいた。

うしろ姿《すがた》だが、おたまがすわっている。昼間とおなじ、萩《はぎ》と小菊《こぎく》の着物を着ていた。

おたまの前にたくさんのネコがならんでいる。おたまの横には屏風《びょうぶ》が立っていて、そのまわりには、三味線《しゃみせん》の材料《ざいりょう》だろうか、たくさんのネコの毛皮《けがわ》がひろげてあった。

あのネコたちはお師匠《ししょう》さんに会いにきていたの？

ならんでいるネコは、みな年寄《としよ》りで、歩くのもおぼつかないようすである。まわりのネコたちの唄《うた》とお囃子《はやし》にのせられて、なんとか歩いているといった感じだ。

おたまは唄《うた》いながら、そのネコたちに、毛皮《けがわ》を見つくろってわたしている。毛皮を受けとった年寄《としよ》りネコは、おぼつかない二本足で、順番《じゅんばん》に屏風《びょうぶ》のうしろに進んでいった。

不思議《ふしぎ》なことに、その年寄りネコたちは屏風《びょうぶ》のかげから出てこない。出てくるのは、毛並《けな》みもつややかな若《わか》いネコばかり。出てきたネコは、おたまに頭をさげると、足どりもかろやかに、けいこ場を出ていく。表《おもて》のばかさわぎにくわわるのだろうか。お囃《はや》子《し》はますますにぎやかになっていった。

ここちよいわな　新《あたら》し衣《ころも》
とおでとうとうあと十年　あ～と～十年～。

「ここで、ちょっと休憩《きゅうけい》だよお。」

おたまが叫《さけ》んだ。

わあっと歓声《かんせい》があがり、お囃子《はやし》の調子《ちょうし》も変わった。

おたまは立ちあがろうとしながら、おせつのほうをふりかえった。

「きゃっ。」

おせつは小さく悲鳴《ひめい》をあげた。

たしかに体《からだ》はおたまなのだが、顔がちがう。

ふりかえったその顔は、ぬけるようにまっ白なネコだったのだ。

——化《ば》けネコだあ。

おせつは逃《に》げようとしたが、体が動かない。やっとのことで動いた足が、ふすまをけとばした。

「だれだい？」

ふすまのすきまをのぞきこんだ化《ば》けネコと、おせつの目が合った。

「おせっちゃん、なんだってここに??」

「ば、ば、ばけネコ。」

化けネコは、するりとおせつがいる部屋《へや》にはいるなり、おせつの袖《そで》をつかんで言った。

「ちがうんだ、おせっちゃん。たしかに化《ば》けネコだけど、あたしは、たまなんだよお。」

「う、う、うそうそ、きゃあ……。」

おせつがまた叫《さけ》びそうになるのを見て、化けネコはおせつの口を手でふさいだ。

「しずかにおし、みんなに見つかっちまう。」

おせつの口を、やわらかな肉球《にくきゅう》がおおっている。

あれ？　このにおいは？

おせつは思いだした。

お師匠《ししょう》さんのにおいだ。

おせつの体《からだ》から、すこし力がぬけたのを感じた化《ば》けネコは、しずかにおせつの口から、やわらかな毛《け》におおわれた手をはなした。

「おせっちゃん、あんた、逢魔《おうま》が時《とき》にあのお手玉唄《てだまうた》、唄《うた》ったね？」

「おうまがときって？」

化けネコは、目をとじて言った。

「そこかあ……、そこ知らなかったのね。うっかりした。」

「なんのことなの？　ほんとうにお師匠《ししょう》さんなの？」

化《ば》けネコは、おせつの目をじっと見つめた。

「ああ、あたしはたま、あんたのお師匠さんだよ。」

おせつを見つめる化けネコの目は、たしかにまっさおなネコの目ではあったが、なにか見なれたあたたかさが伝《つた》わってくる。

「なんで、そんな姿《すがた》に……。」

化《ば》けネコは、前足の甲《こう》でほっぺたをこすりはじめた。

「じつをいうとね、あたし、ネコなんだよ。この姿がほんとうの姿なんだ。」

おどろくおせつに、おたまはつづけた。

「ネコっていっても、ふつうのネコじゃない。長生きしすぎて、人間に近くなっちまった。そういうの、わたしたちはネコガミって呼《よ》んでる。人間は化けネコやらネコマタっていうけどね。ネコガミのほとんどは、ふだんは人間として暮《く》らしているのさ。」

「お師匠《ししょう》さん、いくつなの?」

「来年の春で、三百歳《さい》。」

ええ! おばあさんじゃない。おせつは心の中で叫《さけ》んだ。

これじゃあ、わたしのおっかさんになるのは無理《むり》か……。だいたいネコだし……。

へんなことでがっかりしている自分に気がついたおせつは、すこしだけ笑《わら》った。

「なんだい? なにがおかしいの? おばあさんってかい? ネコガミの三百歳《さい》なんて、人間ならまだ三十路《みそじ》に行くか行かないかってところだよ。失礼《しつれい》しちゃうね。」

そう言って、にっこりした顔は、いつものおたまとおなじ気がする。

「今夜《こんや》のさわぎはどういうことなの?」

「今夜はねえ、年に一度の〈ネコかぶり〉の日なんだよ。」

「ネコかぶり?」

「そう。長生きしたネコが毛皮《けがわ》をとりかえる日。」

毛皮を? そんなことできるの? そう思ったおせつは思いだした。

そういえばさっきのネコたち、屏風《びょうぶ》のうしろで……。

「なんで？　なんで毛皮《けがわ》をとりかえるの？」

おたまは、手に持っていた白い毛皮をひろげながら答えた。

「人間は知らないだろうけど、ネコって、とんでもなく長生きなの。重い病気《びょうき》にでもならなきゃ、百年ぐらいは平気《へいき》で生きる。でもね、あんまり長生きしてると、こんどは人間に化《ば》けネコよばわりされちまう。」

おたまは、すこしおこったふりをした。さっき、おせつに化けネコって言われたことを思いだしたのだろう。おせつも、それを思いだして、舌《した》をだした。

「いいんだよ、たしかに化《ば》けネコなんだから。人間はね、自分たちより長生きな動物をみんなバケモノにしちまって、退治《たいじ》しようとする。それだから、十年かそこらで、毛皮《けがわ》をかえて別《べつ》なネコになりすますのさ。よく、ネコは死ぬときが近づくと、自分から姿《すがた》を消《け》すとかいうだろ？　あれは、毛皮をとりかえにいっただけで、じつは別なネコとして生きてんの。」

「人間のせいなの？　ごめんなさいね。」

「やあね、おせっちゃんがあやまることじゃあないよお。こっちも人間には世話《せわ》になってるしね。それに、それだけじゃないのよ。十年ちかく生きてると、あたしたち、身《み》のこなしがすばやいぶん、毛皮《けがわ》がいたんできちまうんだ。だから、まあ、ちょうどいいのよ。そんでもって、毛皮をとりかえてあげるのは、ネコガミの役目《やくめ》。」

「古い毛皮はどうするの？」

「脱《ぬ》いだ古い毛皮は、よく油《あぶら》とか薬《くすり》をぬって新品同様《しんぴんどうよう》にしてね、つぎのネコかぶりの日にほかのネコにあげるんだよ。あんまり人気《にんき》がない柄《がら》の皮《かわ》は、三味線《しゃみせん》にしちまうってわけ。」

「それで、お師匠《ししょう》さんちでは、三味線つくってたんだね。」

「そうなのよ。合点《がてん》がいったかい？」

ちっともいっていない。むしろ、わからないことだらけだ。

だいたいどうして、こんなすごいこと、いままで人間に知れずにこられたのだろう。

というより、どうしてわたしだけ……。

「お師匠《ししょう》さん、どうしてわたしだけ、目がさめているの？　どうしてほかのみんなは、起きないの？」

おたまは、すまなそうに言った。

「あのね、ネコかぶりの日の夜は、人間にはまじないがかかっていて、起きていられないのさ。どんなにがんばってても眠《ねむ》っちまうし、目もさめない。まさにネコの天下《てんか》さ。だけど、はんぶん人間に近くなっているネコガミは眠くなっちまう。そこで、まじないよけにあの唄《うた》を唄《うた》うんだよ。逢魔《おうま》が時《とき》、つまり昼と夜のあいだの時間にね。」

おせつは思いだした。

「ああ、わたし、井戸端《いどばた》で……。」

「わるいのは、あたしだよ。とんだことに巻《ま》きこんじまった。でも、よっぽどうまく唄わなきゃ、まじないは解《と》けないんだけどね。やっぱり、おせっちゃん、すじがいいわあ。」

感心《かんしん》してる場合《ばあい》じゃあないよお。おせつが思った、そのときだ。

「おたまさん、だれかいるのかい？」

おたまの毛《け》が逆《さか》だつ。

「まずい！　おせっちゃん、これかぶって。」

おたまが手わたしたのは、持っていた白いネコの毛皮《けがわ》だ。

「え？　なんで？」

「いいから！」

おせつが、毛皮を頭からかぶったと同時に、ふすまがガラリとあいた。

ふすまをあけたのは、一匹《ぴき》の茶色《ちゃいろ》のトラネコ。手にはお銚子《ちょうし》を持っている。

「おたまさん、いっしょに飲もうぜ……。だれだい？　その子？」

見つかった！　おせつが逃《に》げようとすると、着ていたねまきがするすると脱《ぬ》げてしまった。

あれあれ？　どうしたの？　わたしの体《からだ》？

ネコになってる‼

「この子かい？　親戚《しんせき》の子で、となり町から遊《あそ》びにきてるのさ。」

トラネコはかなり酔《よ》っているようで、ごきげんだ。

「なんだよう、おたまさんの子かと思ったよう。ま、ネコガミに子どもがいるわけねえよなあ。」

トラネコは、ふらふらとけいこ場へもどっていった。

おせつは、もう、なにがなんだかわからない。

「お師匠《ししょう》さん、わたし、わたし、どうしちゃったの?」

おたまは、立ちあがりながら言った。

「ネコの皮《かわ》かぶせたんだよ。不思議《ふしぎ》だろ。体《からだ》の大きさも皮にあわせて変わっちまう。うちまで送っていってあげるから、ぜったい、脱《ぬ》いじゃあだめだよ。もう、夜店《よみせ》も出ているはずだから、見物《けんぶつ》しながら行くといいさ。」

おたまはなぜだか、とてもうれしそうだった。

7

これが日小見《ひおみ》の町?

いつのまにやら、おたまの家から、おせつの家へむかう通りには、びっしりと夜店《よみせ》がならんでいる。どこもかしこも、着かざったネコたちで大にぎわい。唄《うた》っているもの、踊《おど》っているもの、酔《よ》っているもの、わいわい、がやがや、にゃあにゃあ、ぎゃあぎゃあ。こんなに、日小見《ひおみ》にネコがいたのだろうか。人間の縁日《えんにち》よりもにぎやかかもしれない。

たまに人間が歩いていると思うと、みな顔はネコ。ネコガミというわけだ。

とにかく、どのネコも楽しそう。

おせつは、つないだたまの手をそっと、自分のほっぺたにつけてみた。白い毛《け》がふわりとしていて、あたたかい。

おたまは、おせつの顔を見てにっこり笑《わら》うと、

「どうだい、なかなか楽しいだろう?」

と言った。

夜店《よみせ》で売っているものは、おせつが見たこともないものばかりだ。

店をだしているのは、ネコばかりではない。キツネがいなりずしを売っていたり、河童《かっぱ》が魚《さかな》をならべていたり。一《ひと》つ目《め》の大入道《おおにゅうどう》は、もぞもぞ動くへんな袋《ふくろ》を売っている。

「お師匠《ししょう》さん、あれはなに?」

「あれかい? なんだろうねえ。

となりならわかるよ。あれは、あしたの天気がわかるひげ。

そのとなりは、いわし飴《あめ》だね。おせっちゃんの口には合わないだろうなあ。

あっちでカワウソの子どもが売ってる、きらきら光っているのは星屑酒《ほしくずざけ》。川面《かわも》にうつった星の光を集めてつくったお酒《さけ》だよ。」

「すごい! 飲んでみたい。」

「だから、お酒だって。子どもは飲めないよ。だいたい、目が星みたいに光っちまう。

そうだ、子どもにはこれがいいね。おにいさん、ふたつおくれ。」

おたまは、若《わか》い片目《かため》の黒ネコから、青く光る飴玉《あめだま》を買ってくれた。

「なにこれ?」

「ほたる飴《あめ》。蛍《ほたる》の光でつくるんだ。口に入れてごらん。」

おたまは、ほたる飴を自分の口にほうりこんだ。おたまのほっぺたが、ぼんやりと光る。

祭

おせつも口に入れてみた。ほたる飴《あめ》は、ほんのり冷たくて、うっすら花の蜜《みつ》のような香《かお》りと味《あじ》がした。

夜店《よみせ》は、まだまだつづいている。

「千代影《ちよかげ》いらんかえ〜。」

おたまは、小さなふたごのおばあさんの屋台《やたい》の前で足をとめた。

「この、おそろいのを二枚《まい》ちょうだいな。」

ふたごのおばあさんたちは、声をそろえて答える。

「いらっしゃい。小菊模様《こぎくもよう》のやつね。おや、おたまさん、娘《むすめ》さんかい？」

「そうよ。おせつっていうの。おせつ、ごあいさつは？」

おせつは、あわててぺこりと頭をさげた。

「こんばんは。」

ふたごのおばあさんは、声をそろえて言った。

「そうかいそうかい。子ども産《う》んだネコはネコガミにはなれないって聞いてたけど、まちがいか。おせつちゃんは、お母さん似《に》だね。べっぴんになるよ。はい、二枚。」

おばあさんたちは、おたまとおせつに二枚《まい》のうすい布《ぬの》のようなものを手わたした。

うっすらと柄《がら》がはいっている。

「これ、どうするの?」

おたまは、にっこり笑《わら》って、自分とおせつの影《かげ》にその布《ぬの》をかぶせた。

ふたりの影は、たちまち、うすむらさき色の小菊模様《こぎくもよう》に変わった。

「わあ、すごい! 影《かげ》に模様《もよう》がついたあ。」

自分の影を見ながら、はしゃぎまわるおせつを、おたまが追いかける。

「こらこら、ひとにぶつかるよ。」

おせつがはしゃいでいるのは、影が変わったからだけではない。おたまが自分を娘《むすめ》だって言ってくれたこと、おまけにお母さん似《に》だって言われたことが、心からうれしかった。

追いついたおたまは、おせつとまた手をつないで歩きだした。

わたしたち、ほんとの親子みたい。

そろそろ夜店《よみせ》も終わりかけたころ、おせつは、もう一軒《けん》、あかりがついている屋敷《やしき》を見つけた。やはり、たくさんのネコたちが屋敷《やしき》の中をのぞいている。

「あそこは、だれの家？」

「ああ、あそこは、藩医《はんい》の尾形由庵《おがたゆうあん》先生の家。あの人もネコガミさ。」

由庵《ゆうあん》先生は、おとっつぁんに薬《くすり》をくれたお医者《いしゃ》さんだ！

おどろくおせつをよそに、おたまは話をつづけた。

「おなじネコガミでも、あの先生はお医者だからね。けがを治《なお》してくれるんだよ。ネコって、高いところから飛びおりてもけがとかしないって思ってるだろ。それがけっこう、けがしてるのよ。よく、首やら腰《こし》やら脚《あし》やら折《お》ったり、ひねったり。でも、ネコガミがつくる特効薬《とっこうやく》で、ねずみ膏《こう》っていうのがあってね。それさえぬれば、折れてようが、くさってようが翌朝《よくあさ》には治《なお》っちゃう。その薬、ネズミのしっぽからつくるんだ。だからあたしたちは、ネズミつかまえて医者のネコガミのとこ持ってくの。つかまえて食べてると思ったでしょ。やだよ、気色《きしょく》わるい……。」

おせつにはもう、おたまの話は聞こえていない。

たしかに、由庵《ゆうあん》先生の家の前には、杖《つえ》をついたり、包帯《ほうたい》をしたりの、けがをしたネコたちが列《れつ》をつくっている。

しかし、出てくるネコは、元気そのもの。包帯《ほうたい》や杖《つえ》をその場で捨《す》てていくのだった。

あの薬《くすり》で、おとっつぁんも……。

だまって、ネコの列を見つめるおせつ。そのようすに気づいたおたまが、あわてて言った。

「あ、だめだめ、あれはネコにしか効《き》かない、ネコの薬だ、残念《ざんねん》だけど。さきに言っておけばよかった。ごめんね。」

「だれか、ためしたの？」

「それは知らないけど。だいたいそのまえに掟《おきて》があるからね。あの薬はネコだけの秘《ひ》伝《でん》だ。人間にはあげられないんだよ。」

「そっか……。」

おせつはしばらく、うつむいて考えこんでいたが、パッと顔をあげた。

「お師匠《ししょう》さん、わたしみたいに、おとっつぁんをネコにしておくれよ。」

8

「つぎの方《かた》、どうぞ。」

おたまは、由庵《ゆうあん》の屋敷《やしき》にあがった。ぐっすり眠《ねむ》った茶色《ちゃいろ》のぶちネコをかかえている。そのうしろには、おせつがぴったりとくっついていた。不安《ふあん》そうにおたまの袖《そで》をにぎっている。

「おや、おたまさん、めずらしい。ああ、患者《かんじゃ》はそちらの方《かた》かい？」

由庵《ゆうあん》は、おたまたちにすわるように言った。

ネコガミの由庵は、おたまとおなじく、体《からだ》つきは人間だが顔と手がネコ。着物を着ている。うす灰色《はいいろ》のトラネコで、ふつうのネコよりも毛《け》が長く、人間のときとおなじメガネをかけ、あごひげをはやしている。ちがうのは頭にも毛があるところ。人間のときから、ひょうひょうとして、つかみどころがない感じがあるのだが、ネコガミの

いまもおなじ感じ。しかし、七百歳《さい》というだけあって、ただならぬものが、おせつにもひしと伝《つた》わってきた。

おたまは、ネコの皮《かわ》をかぶせた平治《へいじ》を、由庵《ゆうあん》の前によこたえた。ネコになった平治は、唄《うた》のまじないが効《き》いているのだろう、まったく起きる気配《けはい》がない。

「先生、このものは親類《しんるい》のもので、となり町に住んでいるのですが、三月《みつき》まえに屋根《やね》から落ちて腰《こし》を打っちゃって。寝《ね》たきりなんです。どうか、ねずみ膏《こう》をわけていただけませんでしょうか？」

由庵《ゆうあん》はしげしげと平治《へいじ》を見て言った。

「三月《みつき》もほっといたのかい？　となり町には白ひげ先生がいらっしゃるだろ。」

「あ、いえ、このひと、この子とふたり暮《ぐ》らしなんだけど、重くて運べなかったんだよね。」

きゅうに、おたまが聞いてきたので、おせつはあわてて、

「はい。重くて重くて。」

じっと自分を見つめる由庵《ゆうあん》の目は金色《きんいろ》に光っている。おせつは、生きた心地《ここち》がし

ない。

おたまは、由庵《ゆうあん》の気をそらすように言った。

「先生、この子たち、夜明《よあ》けまでには、となり町にもどらなきゃなりませんので、できたらお早く……。」

おたまが、自分のうしろを指さした。うしろにはまだまだ患者《かんじゃ》が列《れつ》をつくっている。

「ああ、そうだな。わかった。腰《こし》と言ったね。」

助手《じょしゅ》の黒ぶちネコが、薬《くすり》のはいったツボを差《さ》しだす。由庵《ゆうあん》は、ネコになった平治《へいじ》の腰に手をあてた。

「ん？」

由庵《ゆうあん》は、顔をあげて、おたまの目を見て言った。

「おたまさん、あんたともあろう人が、どういうことかね。」

ばれた！

おせつはおたまの顔を見あげた。おたまは、ぐっと由庵の目を見かえしている。

ふたりの目は、なわばりをあらそい、威嚇《いかく》しあうネコそのものに見えた。

やがて、おたまはしずかに、

「お薬《くすり》、いただけませんか？」

とだけ言った。

由庵《ゆうあん》は、しばらくだまっていたが、深いため息《いき》をついた。

「掟《おきて》は掟だ。いくら、おたまさんの頼《たの》みでもそれはできん。だいたい、効《き》くかどうかもわからない。」

「そうですか。」

「わかってくれ。」

おたまの袖《そで》をつかんでいたおせつが、いきなり由庵《ゆうあん》に飛びついた。

「先生、たのみます。おとっつぁんを助けて。効《き》くかどうかは、つけてみないとわからないよぉ。ためしておくれよぉ。」

「こら、こらあ。」

薬《くすり》のツボを持っていた助手《じょしゅ》の黒ぶちネコが、あわてておせつのしっぽをひっぱった。

あっ、だめぇ！

おたまが黒ぶちネコをとめたときは、もうおそい。皮《かわ》をはがされたおせつは、もとの姿《すがた》にもどっていた。

あわてておたまが、手近《てぢか》にあった布《ぬの》をかぶせたのだが、

「人間だあ。」

「起きてるぞう。」

列《れつ》にならんでいたネコや、窓《まど》や土間《どま》からのぞいていたネコたちがいっせいに叫《さけ》びはじめた。

「おんなのこだ。」

「おたまさんがつれてた子だ。」

「大工《だいく》の平治《へいじ》のとこの子だ。」

さわぎはますます大きくなり、どんどんまわりからネコたちがつめかけてくる。

「お師匠《ししょう》さん、どうしよう。」

ふるえるおせつを、おたまが抱《だ》きしめた。

「だいじょうぶ、なにがあっても、あたしが守《まも》るからね。」

そう言うと、おたまは立ちあがって毛《け》を逆《さか》だてた。おたまの指先から、長い爪《つめ》が伸《の》びる。

「あんたたちぃ、この子に指一本ふれてごらん。あたしがようしゃしないからねぇ。」

おたまの叫《さけ》びに、まわりがしずかになったそのときだ。

「なんのさわぎじゃ。」

さっきまで毛《け》を逆《さか》だてていたネコたちが、いっせいに声のほうを見ると、口々《くちぐち》に、

――江田島《えたじま》さまだ。

――江田島さまのおなりだあ。

と言いながら、その場にすわりはじめたのだ。

その場で手をつき、頭をさげるネコたちは、まるで大名《だいみょう》行列《ぎょうれつ》に出くわした人たちのようだ。

由庵《ゆうあん》も、いそいでえりを正《ただ》し、畳《たたみ》に手をつき頭をさげている。

「おせっちゃん、すわって頭をさげるんだ。」

そう言うと、おたまはおせつをすわらせ、自分もすわって頭をさげた。

事情《じじょう》をつかめぬおせつだけが、ぽかんと声のぬしを見ている。

そのネコは、二匹《ひき》のお供《とも》をしたがえて、金糸銀糸《きんしぎんし》の見たこともないような豪華《ごうか》な打掛《うちか》けを着ていた。とにかく大きな三毛《みけ》ネコで、大きなおなかのためにふんぞりかえっているぶん、見おろすような目つきをしており、ちょっと気むずかしそう。ほかのネコがおそれるわけだ。重そうな体《からだ》をゆらしながら、ゆらゆらとおせつたちのほうに近づいてくる。

江田島《えたじま》さまと呼《よ》ばれた、そのネコはおたまとおせつの前に立ちどまると、じっとおせつを見おろした。

「頭《ず》が高い、江田島さまの御前《ごぜん》であるぞ。」

お城《しろ》のお女中《じょちゅう》のような矢《や》がすりを着たお供《とも》のネコに言われて、おせつはあわてて頭をさげた。

江田島《えたじま》さまは、ふうっと鼻を鳴らすと、

「まあ、よい。らくにしなさい。おたま、由庵《ゆうあん》、なにがあった？　この娘《むすめ》は、なぜここにおる？」

と言った。

由庵《ゆうあん》が話す事情《じじょう》を聞きおわると、江田島《えたじま》さまはもういちど、ふうっと鼻を鳴らし、

「では、おたまに聞く。なぜ、おまえはこの子と、その男をここにつれてきたのだ？ おまえもネコガミ、掟《おきて》については十二分《じゅうにぶん》に承知《しょうち》しておろうが。」

と言い、こんどは平治《へいじ》のほうへ近づいていった。

おたまは、頭をさげたまま話しはじめた。おせつからは顔が見えない。

「言いわけはございません。ただ、単《たん》にこの親子を不憫《ふびん》に思い、世話《せわ》をやいた次第《しだい》でございます。」

「情《じょう》がわいただけのことというのか？ その場の情に流され、掟《おきて》にふれるとは、ネコガミたる者のすることとは、とても思えぬわ。」

「お言葉《ことば》を返すようですが、その場の情《じょう》に流されたわけではありませぬ。わたしなりに考えたすえでのことでございます。」

「考えたとな？」

「はい。たとえ、掟《おきて》にふれることで、ネコガミであることをやめ、人として老《お》いてい

くことになろうともかまわぬと思いました。」

まわりで聞いていたネコたちのあいだから、おどろきの声があがる。

江田島《えたじま》さまは、目だけでまわりを見まわしたあと、かがんで声をひそめて言った。

「ネコガミのままであれば、あと四、五百年は生きられようぞ。その命《いのち》を、たかが人間のために捨《す》てるとな?」

「はい。」

江田島《えたじま》さまが、ふたたび姿勢《しせい》を正《ただ》すと、ふうっと鼻を鳴らした。

おせつには、ふたりの話の意味《いみ》がよくわからなかったが、おたまがたいへんな危険《きけん》を覚悟《かくご》で、おとっつぁんを助けようとしてくれたことはわかる。

「ごめんなさい。お師匠《ししょう》さん、わたしのせいで。」

おせつの涙《なみだ》がぽたぽたと落ちて、畳《たたみ》の上にしみをつくっている。

おたまは頭をさげたまま、おせつのほうをむくと、すこし笑《わら》った。

「いいんだよ。あたしは自分のためにやったんだ。なんか、あたし、こんなふうにな
るのがわかっていて、あんたにあの唄《うた》を教えたのかもしれない。こんなふうになった

らいいなってね。」

おたまの言う、「こんなふう」がどういうふうなのかは、おせつにははっきりわからなかったが、おたまの笑顔《えがお》がすこしだけおせつを安心《あんしん》させた。

「由庵《ゆうあん》、で、この男、人間にまちがいないのであるな？」

江田島《えたじま》さまが由庵に聞いた。

「はい、このとおり。」

由庵《ゆうあん》が、平治《へいじ》にかぶせてあった皮《かわ》をとったのだろう。ふたたび、まわりからネコのおどろきの声が聞こえた。

「んむ。たしかに。こんな男のために、おたまともあろう者が。」

おとっつぁんを、こんな男とは……。おせつは、なにかくやしくなってきて、ひとこと言ってやろうと思った。しかし、おたまの立場《たちば》を考えると、ここは、頭をさげているしかなさそうだ。

そのとき、江田島《えたじま》さまが、また、ふうっと鼻を鳴らした。でも、こんどの「ふうっ」はさっきまでのとはちがう。江田島さまはしずかに言った。

「由庵《ゆうあん》、この者は大工《だいく》ではないか？」

「そのとおりでございます。大工の平治《へいじ》でございます。江田島《えたじま》さま、ごぞんじなのですか？」

「城《しろ》に出入《でい》りしている大工か？」

「はい。なにか、城内《じょうない》で細工中《さいくちゅう》にけがをしたとかで、中老上田《ちゅうろううえだ》さまよりわたしのほうに。」

「では、このけがは、あのときの……。」

「なにか、お心あたりが？」

江田島《えたじま》さまの返事がない。おせつは思いだした。

そうか！　江田島さまって、きっと、お城《しろ》でおとっつぁんの上に落ちてきたデブネコだ。

おせつは、頭をさげたまま、おたまのほうを見た。おたまも頭をさげたままだが、わけがわからぬようすで、聞《き》き耳《みみ》をたてている。

ようやく、江田島さまが口をひらいた。

「由庵《ゆうあん》とおたまのほかはみな、この部屋《へや》から出るように。」

「よろしいのですか？」

とまどうお供《とも》に、江田島《えたじま》さまが声を荒《あら》らげた。

「かまわぬ。われわれ三人を残《のこ》し、ほかは外で待て。」

「この者たちはいかがしましょう。」

おせつは、いきなりだれかにおしりをたたかれたので、きゃっと声をあげた。

「もういちど、皮《かわ》をかぶせてネコにしろ。由庵《ゆうあん》、この娘《むすめ》も父親とおなじように眠《ねむ》らせることができるか？」

「はい、キツネの妙薬《みょうやく》がございます。」

「眠らせい。」

「はい。」

おせつは、こわくなって頭をあげると、となりにいたおたまに抱《だ》きついた。

おたまは、

「心配《しんぱい》ないよ。」

と言って、おせつの頬《ほほ》をなでた。

どこからか、ニッキのようなにおいがする。おせつの気が遠くなった。

9

こんどはなんのにおい？

朝のにおい？

なつかしいにおい。

おせつが、このにおいで目をさますのは、どのくらいぶりだろう。

ぬくぬくしたふとんの中から、かまどを見ると、お釜《かま》から湯気《ゆげ》が、ぼっぽぽっぽと出ている。ごはんが炊《た》けるにおいだ！

とびおきたおせつの横に、平治《へいじ》のふとんがない。平治の姿《すがた》もなかった。

おとっつぁん、まだつかまっているの？

「おとっつぁん！」

おせつが叫《さけ》ぶと同時に、表《おもて》の戸があいた。

そこには、平治《へいじ》が立っていた。手には湯気《ゆげ》のあがったうつわを持っている。

平治は、やさしくほほえむと、

「お辰《たつ》さんのところへ、きのうのいなりずしの礼《れい》ってことで、柿《かき》持ってってったんだが、こんどはカボチャの煮物《にもの》もらっちまった。これじゃあ、きりがねえな。」

と言った。

「おとっつぁん！　立てるの？」

「ああ、なぜだかわからねえが、目がさめた勢《いきお》いで立てちまった。ちいとも痛《いた》くねえ。」

おせつは、平治《へいじ》に飛びつこうとしたが、勇気《ゆうき》がでない。

それを見た平治は、

「だいじょうぶだって。」

と言ってうつわをおくと、おせつをひょいと持ちあげ、肩車《かたぐるま》をした。

おせつは、肩の上から平治の頭を抱《だ》きしめた。

「さっそく、きょうから親方《おやかた》のところへ行って、仕事《しごと》まわしてもらってくらあ。おい、それより、もう米《こめ》もねえじゃねえか。とりあえず日割《ひわ》りでもらえる仕事《しごと》して、米買いにいこう。」

涙《なみだ》ばかりがあふれて、おせつはなにも言うことができない。

お師匠《ししょう》さん、由庵《ゆうあん》先生、江田島《えたじま》さま、ありがとう！

おとっつぁん、ネコガミの薬《くすり》のおかげなんだよお。

おせつは、平治《へいじ》に教えたかったが、言わないことにした。ネコたちや、江田島さまの好意《こうい》をうらぎることになるような気がしたからだ。なによりも、お師匠《ししょう》さんを……。

そうだ！　お師匠さん！

お師匠さんは、だいじょうぶなの？

おせつは、平治《へいじ》の肩《かた》からするりとおりると、

「わたし、ちょっとお師匠《ししょう》さんとこ行ってくる。」

と言って、表戸《おもてど》をあけた。

あ！

そこには、おたまが立っていた。

「あらま、おはよう。あたしに用かい？」

おたまは、いつもと変わらぬようすで、にこにこ笑《わら》っている。

「お師匠《ししょう》さん、無事《ぶじ》だったんだあ。よかったあ。」

おせつがいきおいよく抱《だ》きついたので、おたまはよろめきながら、

「どうしたのお、きのう会ったばかりじゃあないかあ。おおげさな子だねえ。」

と、笑った。

「おたまさん。」

おせつを追って出てきた平治《へいじ》の姿《すがた》を見て、おたまは、すっとんきょうな声をあげた。

「あらあ、平治さん、もういいのかい？　きのうのようすとは見ちがえるじゃあないか？　いったい、どうしたの？」

「それが、おれにもわからねえんだ。朝起きたら、治《なお》ってたとしか言いようがねえ。変わっていたことといえば、へんな話、目がさめたらすっぱだか。枕《まくら》もとに、ねまきがたたんであった。」

「なんだいそれ？　やだねえ。」

「それがほんとなんだ。ま、とにかく、このお手玉《てだま》は、炊《た》いて食《く》わなくてもすみそうだ。」

平治《へいじ》の手には、きのうのお手玉がにぎられている。

「なんだあ、ばれてたの。うまい手だと思ったのに。ねえ。」

おたまは照《て》れくさそうに笑《わら》って、おせつのほっぺたをなでた。あたりまえだが、おたまの手に肉球《にくきゅう》はない。

平治もお手玉を見つめながら、照れくさそうに笑った。

「気いつかってくれてありがとうな。三味線《しゃみせん》の飾《かざ》り棚《だな》だっけ？　あさってにでも、さっそくつくりにいくよ。」

おたまは、きゅうに背《せ》すじをのばす。

「ああ、それなんだけど。いいんだ、もう。ちょっと事情《じじょう》があって、三味線《しゃみせん》づくりはやめることにした。これからは、唄教《うた》えるだけにしようと思ってね。」

それって、ひょっとして……。

「お師匠《ししょう》さん、人間になったの？　長生きできないの？」

おたまの手をふりはらって、おせつは大声をあげた。おせつのただならぬようすに、おたまと平治《へいじ》は顔を見あわせている。

「あたしゃ、最初から人間だよお。ふつうに長生きもしたいさあ。」

「おせつ、なにへんなこと言ってんだ？　まだ、ねぼけてんのか？」

大笑《おおわら》いするおたまと平治。おせつは、ちょっとわからなくなってきた。

――あれは、夢《ゆめ》？

ぽかんとするおせつをよそに、平治《へいじ》がきりだした。

「おたまさん、こんなことお願《ねが》いするのはどうかと思うんだが、しばらく、夜だけ、おせつをちょっとめんどうみてやってくんねえか。当分《とうぶん》は、この三月《みつき》をとりもどすためにも、よけいに仕事《しごと》しなきゃならねえんだ。おむかいのおばさんに頼《たの》んだら、しばらく都合《つごう》がわるいから、おたまさんに頼めって言われちまった。」

おたまは、にっこりと答えた。

「ああ、いいよ。おやすい御用《ごよう》さ。平治さんもおせっちゃん迎《むか》えがてら、うちで晩《ばん》ごはん食べてきゃいいさ。」

平治《へいじ》はあわてて、「いや、そこまではあまえらんねえ。」

おたまは笑《わら》いながら、「いいじゃないか、そのかわり夕飯代《ゆうはんだい》はいただくよ。」

おせつの頭の上で、おたまと平治が楽しそうに話をつづけている。

そのようすを見て、おせつはもう夢《ゆめ》だったかどうかなんて、どうでもよくなった。

おとっつぁんが治《なお》って元気になった。

おとっつぁんとお師匠《ししょう》さんがなかよくしてる。

このふたつのことが、とにかくうれしかったのだ。

「じゃあ、おせっちゃん、あとでうちにくるといいよ。小唄《こうた》のけいこもつけてあげるから。それじゃあね。」

いつのまにか大人《おとな》どうしで話がついたのだろう。おたまは帰っていった。

平治《へいじ》は、おたまのうしろ姿《すがた》を、うっとりと見送っている。そして、おせつの肩《かた》に手をおき、言った。

「ほんとに親切《しんせつ》な人だよなあ。しかし、こんな朝っぱらからなにしにきたんだろう?」

おせつは、はっとした。

そうか！

おせつは、平治《へいじ》の手をふりはらって、おたまのあとを追った。

「お師匠《ししょう》さあん。」

長屋《ながや》の出口で追いついたおせつは、息《いき》をきらせながら、おたまに言った。

「お師匠《ししょう》さん、きのうの夜のは夢《ゆめ》じゃないよね。

お師匠さん、薬《くすり》が効《き》いたか、気になったから見にきたんでしょう？

お師匠さん、ネコガミやめて、よかったの？　これでよかったの？」

おたまは、おせつをじっと見つめている。

おたまが、ようやく口をひらきかけたそのとき。

——ニャア
おせつがふりかえると、そこには、たくさんのネコたちがじっとおたまを見つめていた。道ばた、塀《へい》の上、屋根《やね》の上、二、三十匹《ぴき》はいる。いつのまにこんなに集まったのだろう。

おたまの家にいたトラネコや、ほたる飴《あめ》を売っていた片目《かため》の黒ネコもいる。

ネコたちは、おたまの答えを待っているようだった。

おたまは、おせつににっこりとほほえむと、ネコたちにむかって言った。

「にゃあ。」

ネコたちは、しばらくじっと、おたまを見つめていたが、やがてそれぞれ顔を見あわせると、思いおもいの場所に消《き》えていった。

ネコたちを見送るおせつをうしろから抱《だ》きしめながら、おたまは言った。

「あたしね、こんどはおっかさんになってみたいんだ。」

大好《だいす》きなおたまのにおいが、おせつをつつんだ。

おわりに　――もしも、日小見《ひおみ》に行ったなら

もし、日小見《ひおみ》に行くことがあれば、つぎの場所には、ぜひ行ってみてほしい。

まずは、なんといっても、忠明公《ただあきこう》が暮《く》らした日小見城《ひおみじょう》だ。もともと小さい城《しろ》ではあるが、天守閣《てんしゅかく》の一部《いちぶ》がきれいに残《のこ》っている。六平太《ろっぺいた》が、御前試合《ごぜんじあい》にのぞんだ庭は、忠《ちゅう》明院《めいいん》とならんで、時代劇《じだいげき》の撮影《さつえい》がおこなわれることもある人気《にんき》の場所だ。

冠稲荷《かんむりいなり》へは、お昼前に行くべきだろう。名物《めいぶつ》のいなりずしが売りきれてしまう。休日《きゅうじつ》であれば、おかっぱ頭のつり目がちな女の子が店番《みせばん》をしていることがあるが、おこんではない。神主《かんぬし》の娘《むすめ》さんだ。あたりまえだが、キツネでもない。

おはると新吉《しんきち》が出会った野原は、いまは市営《しえい》グラウンドになっている。エゴノキも、

もうない。でも、むかしの野原を見たければ、市立博物館《しりつはくぶつかん》に行けばいい。新吉《しんきち》のかいた絵は、変わらぬあざやかさで、あのときの野原、そして、おはるの姿《すがた》を見せてくれる。

古呂田山《ころたやま》に登《のぼ》るのであれば、日帰りはあきらめて、丸一日《まるいちにち》はみておいたほうがいいだろう。尼寺《あまでら》の時久庵《じきゅうあん》から、龍ヶ堰《りゅうがせき》までのハイキングコースはなかなか険《けわ》しいが、手つかずの自然《しぜん》が残《のこ》っていて、一日かける価値《かち》はある。〈クマ出没注意《しゅつぼつちゅうい》〉の標識《ひょうしき》がところどころにあるが、心配《しんぱい》はない。不思議《ふしぎ》なことに、古呂田山あたりでクマが人を襲《おそ》った記録《きろく》は、いまだかつてないのである。

宗右衛門町《そうえもんちょう》のほうは、あいかわらずにぎやかで、大きなスーパーや映画館《えいがかん》、しゃれたカフェもある。由庵《ゆうあん》の屋敷跡《やしきあと》には、ガラス張《ば》りの尾形総合病院《おがたそうごうびょういん》が建《た》っている。

しかし、路地《ろじ》をはいった裏通《うらどお》りには、むかしの街並《まちな》みが多く残っていて、おせつが洗《あら》い物《もの》をしていそうな、むかしながらの井戸端《いどばた》なんかも残っている。〈ネコかぶり〉のばかさわぎは無理《むり》だろうが、ネコの集会《しゅうかい》ぐらいは見られそうだ。

日小見《ひおみ》を歩くコツは、とにかくのんびり、ゆっくり歩くこと。

そして、ときどき立ちどまって、あたりを見まわし、耳をすましてほしい。

そうすれば、見すごしてしまいそうなあやしい路地裏《ろじうら》や、奇妙《きみょう》な石仏《せきぶつ》、石碑《せきひ》、見たことのない花や樹《き》など、いろいろなものに気づくはずだ。そして、運《うん》がよければ、なにか、忘《わす》れられた秘密《ひみつ》や、不思議《ふしぎ》を見つけることができるかもしれない。

日小見《ひおみ》は、むかしから、特別《とくべつ》な場所なのだから。

（おわり）

あとがき

かれこれ十年まえの秋です。

日曜の午後、わたしが吉祥寺《きちじょうじ》のお気に入りの画廊《がろう》に立ちよると、いつもとは少々おもむきの違《ちが》う展示《てんじ》をやっていました。聞くと、ある絵本講座《えほんこうざ》のグループ展とのこと。

――こんな画廊で自分の絵を展示してみたい。

そんなきっかけで、わたしは「飯野和好《いいのかずよし》おはなし絵本塾《えほんじゅく》」の門をたたきました。

飯野《いいの》先生は、歯《は》に衣着《きぬき》せぬ、ある意味、痛快《つうかい》な指導《しどう》をされる方でした。型《かた》どおりの内容《ないよう》にはまらない、この絵本塾は、わたしを絵本づくり、お話づくりの世界へひきずりこんだのです。

六年ほどたったころだと思います。

飯野《いいの》先生から講評《こうひょう》の際《さい》、

「君《きみ》ぐらいの絵を描《か》く人は、世の中に百万人いる。お話のほうに力を入れなさい。」

というアドバイスを受けました。

思えば、そのきびしいながらも愛ある言葉《ことば》こそ、わたしが童話《どうわ》を書きはじめるきっかけだったのです。

その後、いくつか童話を書きため、そのうちの一編《ぺん》をちからだめしのつもりで、児童文学誌《じどうぶんがくし》「飛《と》ぶ教室《きょうしつ》」の作品募集《さくひんぼしゅう》に投稿《とうこう》してみました。

その作品が「立花《たちばな》たんぽぽ丸《まる》のこと」です。

「たんぽぽ丸」は運《うん》よく掲載《けいさい》されました。

そのときの選者《せんじゃ》は今江祥智《いまえよしとも》先生と石井睦美《いしいむつみ》先生。とくに、今江先生は〈まげもの童話《どうわ》〉をたくさん書かれているだけに、先生に「たんぽぽ丸」を選んでいただいたことは、その後のお話を書くうえで、大きな励《はげ》みになりました。

しかしながら今江先生は、昨年お亡《な》くなりになり、この本をお届けできなかったことが残念でなりません。天国の本屋さんで、お手にとっていただければと願っています。

最後にこの場を借《か》りて、童話を書くきっかけをいただいたうえ、素晴《すば》らしい挿絵《さしえ》まで描《か》いていただいた飯野和好《いいのかずよし》先生、一冊《さつ》の本として世に出る機会《きかい》を作っていただいた今江祥智《いまえよしとも》先生、石井睦美《いしいむつみ》先生、児童文学誌《じどうぶんがくし》「飛《と》ぶ教室《きょうしつ》」、そして偕成社《かいせいしゃ》の方々に、あらためまして、心よりお礼を申しあげます。

あの画廊《がろう》に立ちよってから
ちょうど十年目の秋
作者

藤重ヒカル（ふじしげ ひかる）
1965年千葉県我孫子市生まれ。武蔵野美術大学造形学部建築学科卒業後、建築インテリアの仕事に従事。そのかたわら、飯野和好氏に師事、絵本・童話をかきはじめる。2013年児童文学誌「飛ぶ教室」33号、つづく34号の作品募集にて入選、作品が掲載される。33号での入選作「立花たんぽぽ丸のこと」を中心に本書を書き下ろし、まとめる。デビュー作となる。

飯野和好（いいの かずよし）
1947年埼玉県長瀞生まれ。セツモードセミナーでイラストレーションを学ぶ。絵本、広告、雑誌等で幅広く活躍。ブルースハープ奏者としてライブ活動も展開。代表作として、絵本に『わんぱくえほん』『ねぎぼうずのあさたろう』（小学館児童出版文化賞）『みずくみに』（日本絵本賞）、また、さし絵に「小さなスズナ姫」シリーズ（赤い鳥さし絵賞）等多数。

日《ひ》小《お》見《み》不《ふ》思《し》議《ぎ》草《ぞう》紙《し》

NDC 913
偕成社 231P. 22cm
ISBN978-4-03-540400-2 C8093

日《ひ》小《お》見《み》不《ふ》思《し》議《ぎ》草《ぞう》紙《し》

2016年 10月　初版第１刷

作　者　藤重　ヒカル
画　家　飯野　和好
発行者　今村　正樹
発行所　株式会社 偕 成 社
〒162-8450　東京都新宿区市谷砂土原町３-５
TEL 03(3260)3221(販売)　03(3260)3229(編集)
http://www.kaiseisha.co.jp/
印刷所　中央精版印刷株式会社
小宮山印刷株式会社
製本所　株式会社常川製本

本のご注文は電話・ファックスまたはEメールでお受けしています。
TEL: 03-3260-3221　FAX: 03-3260-3222　e-mail: sales@kaiseisha.co.jp
落丁本・乱丁本は、小社製作部あてにお送りください。送料は小社負担でお取りかえします。